恋人たちは草原を駆ける夢をみる

夢乃咲実

幻冬舎ルチル文庫

JN068639

CONTENTS ✦目次✦

恋人たちは草原を駆ける夢をみる

✦カバーデザイン＝コガモデザイン
✦ブックデザイン＝まるか工房

イラスト・サマミヤアカザ✦

恋人たちは草原を駆ける夢をみる

「狼《おおかみ》だ！」

「狼の群れが来たぞ！」

男たちの叫び声が聞こえる。

眠っていた人々は皆、飛び起きた。

女たちは幕屋から飛び出して家畜囲いの周囲にたいまつを掲げる。

「家畜に近づけさせるな！」

族長が叫び、男たちは手近な馬に飛び乗って、狼の群れが来る方向に走り始める。

七歳になったばかりのハワルも、もう自分は男手の一人として扱われはじめているのを知っているから、慌《あわ》てて馬を探した。

与えられたばかりの自分の馬は、誰かが乗ってしまったのか見当たらない。

手近に、鞍《くら》がついた別な馬がいた。

父の馬のうちの、一頭だ。

ハワルはまだその馬に乗ったことがないが、草原の男として、はじめての馬だって躊躇《ちゅうちょ》などしていられない。

手綱に手を伸ばすと馬はちょっといやがるように首を振ったが、それでもハワルは鐙《あぶみ》に足をかけ、よじ登るようにその馬の背に跨《また》がった。

男たちの後を追おうと手綱を引いた、その瞬間——

馬は突然、後ろ足で棒立ちになった。

振り落とされそうになり、ハワルは思わず手綱をさらに引いてしまった。

馬が首を大きく振りながら前足をおろし、今度は後ろ足を跳ね上げる。

「あ！」

制御などとてもできない。

思わず馬の首にしがみついた瞬間、足元によちよち歩きの小さい子どもが見えた。

再び後ろ足で立ち上がった馬が、まさにその子どもの上に前足をおろそうとする。

踏んでしまう……踏まれた子どもは死んでしまう。

自分が、殺してしまう。

ハワルは恐怖で凍りつき――

子どもに向かって、母親が駆け寄って抱き上げたのと、自分が鞍から立ち上がり、子どもと反対側に全体重をかけるようにして馬の首にぶら下がったのは、どちらが先だったのか。

たまたまその瞬間、後ろ足の片方だけで立っていた馬は、平衡を崩してどうっと地面に倒れ込み……

ハワルは足に激しい痛みを感じ、気を失った。

「うわ！」

ハワルは叫び声を上げ、飛び起きた。

次の瞬間、夢を見ていたのだと気付く。

ここは、一人で眠っていた、幕屋の中だ。

心臓がばくばくと打ち、全身にびっしょりと汗をかいている。

「あ……」

ハワルはなんとか大きく息を吐き、自分を落ち着かせようとした。

また、あの夢を見た。

あれはもう、十年以上も前のことだ。

村を狼の群れが襲い、ハワルも男たちに混じって馬に乗ったが、その馬を制御できなかった。

子どもを踏みそうになり、慌てて馬の首に全体重をかけ、不安定な立ち方をしていた馬は横倒しになり、ハワルの右足が馬の下敷きになって、ハワルは気を失った。

気がついたときには、右の足を骨折したハワルは幕屋の中で手当を受けていたのだ。

子どもは無事だったし、馬にも怪我《けが》はなかった。

狼も追い払われ、羊が数頭犠牲になっただけですんだ。

それでもハワルは、あの瞬間の恐怖を忘れられない。

自分が乗った馬が、子どもを踏みつけてしまう、と感じた瞬間の恐怖を。

自分自身が怪我をしたことよりも、自分のせいで子どもが死んでしまうかもしれない、と感じたことのほうが大きな恐怖だった。

夢を見るたび、あの恐怖がたった今起きた出来事のように蘇《よみがえ》る。

なんとかその恐怖の記憶を抑えつけ、ハワルは頭上を見上げた。

幕屋の天井にある煙出しの穴の隙間から、うっすら白みはじめた空が見える。

間もなく夜明けだ。

また、変わらない日常がはじまる。

部族の誰にとっても昨日と同じ、そしておそらく明日も変わらない日々のうちの一日が。

ハワルはもう一度夢の中に戻っていくのも怖い気がして、少し早いが布団から出ると、朝の身支度をはじめた。


宿営地の朝は早い。

ハワルが一人で暮らす小ぶりの幕屋を出て、水瓶《みずがめ》から椀《わん》に貴重な水の一杯を汲《く》み、それで顔を洗い口をすすぎ、朝食の支度をしはじめた頃には、周囲の幕屋でも起き出す気配が聞こえだした。

東の地平線にはようやく太陽が顔を覗《のぞ》かせはじめている。

普段から、宿営地には男は少ない。子どもと老人の他は、夏の間遠い放牧地で暮らしている男が多いからだ。

残っている男たちも夜明けと同時に狩りに出かけたり、国境の巡回に出かけたりするし、今は族長はじめ主だった男たちも留守にしている。

女子ども、老人たちに立ち交じってハワルだけが「若い男」だ。

草原の男にしては骨組みは華奢《きゃしゃ》で遠目にもほっそりして見えるが、女たちの背格好とは明らかに違う。

刺繍《ししゅう》を施した立ち襟《えり》の木綿の衣服も、くるぶしまである女たちのものと、膝下《ひざした》までしかないハワルのものは違う。

女たちがそれぞれに編んだり結ったりしている髪も、ハワルは他の男たちと同じように、無造作にひとつに結んで背中に垂らしているだけだ。

自分だけが、宿営地に残る「男」なのだ、とハワルは毎朝否応なく噛《か》み締めている。

「おはよう、ハワル」

隣の幕屋から子どもたちが飛び出してきて、ハワルに挨拶をする。

「おはよう。今日は遠くまで行くの？」

「うん、山の麓まで、今日から一人で羊を連れて行くんだよ！」

一番年長の、七歳の少年が得意そうに答える。

「そうか、頑張ってね、狼に気をつけてね」

そう答えながら、ハワルは胸をちくりと刺す痛みを感じていた。

あの子は自分の馬を与えられ、乗りこなせるようになった。

だから今日から、一人で馬に乗り、羊を放牧地に連れて行く。

大人への一歩を踏み出したのだ。

ハワルがとうとう踏み出すことのできなかった一歩を。

そしてあの子もやがて、ハワルは一族の男たちと「違う」のだ、ということを知るようになるのだろう。

ハワルは馬に乗れない。

幼い頃の、馬を制御できずに子どもを踏み殺しかけた恐怖は、とうとう克服できなかった。

骨折が治り、久しぶりにまだ馴染《なじ》んでいない「自分の馬」に近寄ったときは、怖いとは感じなかった。

馬はかわいい。

餌や水をやることも、撫《な》でることも、平気だった。

だが、跨がって手綱を握った瞬間にあの恐怖が蘇り、身体《からだ》が竦《すく》んで息ができなくなってしまったのだ。

最初は大人たちも、怖い思いをしたせいだろう、そのうちに乗れるさ、という反応だった。

だが三日経《た》ち、半月経ち、一月経つ頃には、大人たちの苛立《いらだ》ちが感じ取れるようになった。

父に怒鳴られても、年の離れた兄が励ましてくれてもだめだった。

そして半年が過ぎる頃には、周囲の苛立ちは諦めへと変わった。

母の顔が次第に曇り、陰でこっそり泣いているのを見たときには本当に辛《つら》かったが、それでもだめだった。

——自分は、馬には乗れない。

それは、草原では「男ではない」というのと同じことだ。

いつまで経っても、女子どもと同じ……いや、それよりも悪い「役立たず」でしかない。

男たちは遠い放牧地へ行き来したり、狩りをしたり、近隣の部族を訪ねたり、時には戦をしたり、というすべての行動を、馬とともにする。

女たちだって、近場の放牧や、定期的に宿営地を移動するときには馬に乗る。

ハワルはただ、宿営地にいるだけだ。

宿営地を移す際には、人々が馬で一日かけて行く距離を、一人で三日歩くのだ。

歩けない病人や老人のように他人の馬に乗せて貰《もら》うことは、いくらなんでも惨めすぎる。

だからハワルは「歩く」ことを選んだのだ。

「ハワル」

朝食を終えてハワルが自分の幕屋に入りかけると、背後から呼び止められた。

声で族長の妻だとわかり振り向くと、族長の妻はその手に、革の鞘《さや》に入った太刀《たち》を持っていた。

「これを、明日西の放牧地にいる弟に届けるんだけど、鞘のここが裂けているの。すぐに直せる？」

「大丈夫ですよ」

太刀を手にとって一瞥《いちべつ》し、ハワルは答えた。

「朝一番で直します。そのあと、幕屋の柱を修理しに行きますね」

「お願いね」

族長の妻は頷《うなず》いて、自分の幕屋のほうへと去っていく。

ハワルは太刀を持って自分の幕屋に入ると、一隅に積んであった革の中から、鞘の修理に使えそうなものを選び出した。

ハワルは今、宿営地で、木工や革細工を引き受けて暮らしている。

もともと手先は器用で革紐《かわひも》結びなどは得意だったし、小刀を扱うことも好きだった。

馬に乗れなくなって、それでも何か自分にできることを……と考えたとき、木工と革細工があったことは、幸いだったと思う。

ただ、かたちのいいものを作るだけでなく、細やかな細工が美しいと重宝がられているのだ。

草原の民の幕屋は、木枠と羊毛のフェルトでできている組み立て式のものだ。

数人分の男手があれば組み立ても解体も数刻でできて、移動の際には馬で運ぶことができる。

羊毛は、刈って丸めたものを男たちが馬で引きずり回して固め、それを女たちが仕上げてフェルトにする。

木は遠くの山から切り出してきたり、木材を扱う商人から買ったりするが、草原では貴重なものだ。

幕屋の枠組み、日常的に使う食器や家具など、木製のものは壊れたら修理をして、大切に大切に使う。

ハワルはそういうものの修理を引き受けているのだ。

革製品も、馬具、衣類、幕屋の組み立てに使う紐など、あらゆる部分に使われていて、やはり手入れと修理を重ねながら大事に使う。

ハワルはちょっとした修理から始まって、馬具職人の老人から手ほどきをうけて今ではそこそこの馬具も作れるようになっており、いずれは一人前の馬具職人になれればと思っている。

もちろん、普通は木工職人であろうと馬具職人であろうと馬に乗れて当然だから、ハワルが一人前の男扱いされないことに変わりはないが、ただただ役立たずの存在であるよりは、何か仕事があるだけましだ。

それでも……ハワルは自分が部族の中で浮いた存在であることは自覚している。

同年代の親しい友人もいないし、もちろん結婚も無理だろう。

ハワル自身、結婚など意識したことはないし、恋心を抱いた女性などもいない。

ハワルを憐《あわ》れむように、子どもに対するように接してくる女たちはむしろ苦手だ。

だが……せめて、せめて。

ハワルの脳裏に、ぼんやりと一人の男の顔が浮かびかけ——

慌てて頭《かぶり》を振ってその面影を振り払い、ハワルは手元の作業に集中した。

「商人だ！」

「あれは、南から来た鍋売りだわ」

遠くに点のように見えているものに、最初に子どもたちが気付き、それから女たちが色めき立った。

それは確かに、馬に乗り、荷物を載せた二頭のロバを引いた商人だった。

定期的に遠い南の市場から商品を仕入れては草原の宿営地を巡って歩く馴染みの老人は、じりじりしながら待ち受けている女たちのもとに、のんびりと到着した。

「やあ、こちらでは皆、変わりないかな」

「変わりあるわよ、鍋の底が抜けちゃったのよ」

「この間貰った針は曲がりやすいのばっかりだったわ」

「糸は？　きれいな色の糸はある？」

商人が広げた荷物に女たちが群がっている輪の外側で、ハワルはその騒ぎが収まるのを待った。

そのハワルに商人が気付く。

「お、お前さんも変わりないようだな」

その言葉の中に「相変わらず馬に乗れず、昼間も宿営地に留《とど》まっているのだな」という軽い揶揄《やゆ》が混じっているのはわかるが、今ではハワルは、そんなことにいちいち神経を尖《とが》らせていても仕方ないと学んでいる。

相手にも悪意があるわけではないのだから。

「お元気そうですね」

ハワルはそう言って、商人に近寄った。

「お前さんに頼まれていた、革細工用の錐《きり》と、太い針は手に入れてきたよ」

「助かります」

渡された商品を確かめていると、商人が意味ありげに言った。

「それを手に入れるのも大変だったんだよ。近頃あちこちで物騒な騒ぎがあるから、ものによっては市にもなかなか入ってこなくてね」

「物騒な騒ぎとは？」

商人がそれを尋《き》いてほしがっているのがわかったので、ハワルは尋ねた。

女たちもそれに気付いてぴたりと会話を止める。

こういう商人は噂《うわさ》を伝えて歩く役割も担っていて、大切な情報源なのだ。

「例によって例のごとく、東の民とな」

商人は焦《じ》らすようにゆっくりと言った。

「東の民との小競り合いはしょっちゅうじゃないの？」

一人の女が尋ねると、商人は首を横に振る。

「小競り合いなんてものじゃない、最近、やつらは大群でやってきては、家畜を殺して逃げていく。男も全部殺され、女たちがごっそり連れ去られた部族もあるらしい」

「そんな恐ろしいこと」

女たちは顔を見合わせた。

「家畜を殺し……というのは……どうして？」

ハワルは理解できなくて尋ねた。

戦だから男たちは殺し合う、それは理解できる。

だが家畜を殺す、とは。

家畜は草原の生活の基本だ。馬や羊がいなくては成り立たない。

草原の民同士でも、その家畜のための草地を奪い合うために戦が起きることはよくあるが、その家畜を殺してしまうことになんの意味があるのだろう。

「わからんよ、奴らの考えることは」

商人は肩をすくめた。

「とにかく、東の奴らには気をつけるんだ。少し前に南のほうで大きな戦があって、東の国の大群を撃退したのはいいが、そのせいで東の奴らは最近北上してきている。ここらあたりはこれまでは無事だったが、それもいつまで続くかわからんよ。何か起きれば、わしだって危険を冒してまで商売には来られない。必要なものがあったら、今のうちに多めに買っておくんだな」

「なんだ、結局そういうことね」

「商売上手だこと」

女たちは笑い出したが、ハワルはその輪の中には入らず、一人その場を離れた。

東の民というのは、草原の民とは違う人々のことだ。

東のはるか彼方《かなた》に大きな国があり、一人の男が治めているという。

そこは草原とは違い、畑を耕したり大きな川で生き物を捕ったりすることが暮らしの基本で、人々は一年を通じて同じ場所に定住して暮らしているらしい。

その東の国は、昔からたびたび、草原の民と諍《いさか》いを起こしてきた。

いや、諍い……というよりは、なんの理屈もなく一方的に攻め込んで荒らしていくのだ。

それが昔よりもひどくなっているという話は、ハワルも聞いている。

草原は、草原の民のものだ。

畑を作るほどの水はなく、馬を操り羊の群れを追う草原の民だからこそ、この地で暮らしていける。

特にハワルの部族は、草原の中でも北東の端《はし》にあって、水も草地も乏しく、決して豊かとは言えない。

草原の民同士でも放牧地を奪い合う争いはしょっちゅう起きていて、隣り合う部族同士は常に緊張した関係だ。

東の国は相手が草原のどの部族であろうとお構いなしに戦をしかけてくるが、国境線の北端にある貧しいハワルの部族は、まだ東の国の攻撃を受けたことはない。

だから具体的な「敵」として意識するのはやはり、東の国ではなく近隣部族のほうだ。

もちろんハワルの部族も草原の端にあるから、東の国の領土と短い国境線で接してはいるのだが、東の国から見たら「西の辺境」に位置する、草原と接する場所に住んでいる東の民とは、別に諍いは起きていない。

彼らは部族ごとではなく家族ごとに細々と羊を飼って、基本的には草原の民とそれほど変わらない暮らしをしている。

顔つきや服装は草原の民のものとは違うし、言葉も少し違うが、それでも簡単な言葉なら互いに通じる。

あの人たちが……そんなふうに、大勢で草原に襲いかかってきて家畜と男たちを殺し女たちを連れ去るような凶暴なことをするのだろうか。

ハワルには理解できない。

だがそれでも、商人の言っていることは事実なのだろう。げんに今も、族長と男たちの何人かは、他部族のもとに何か話し合いに行っている。

敵対している近隣の部族と「話し合い」などがあることじたい、普通ではない。

常とは違う、何か不穏な空気が漂っていることは確かだ。

もしこの宿営地を東の民が襲ってきたら、どうなるのだろう。

少なくとも……馬に乗れない自分は、戦うことも、女子どもを逃がしてやることもできない。

太刀を持って自分を守り、自分の足で逃げるだけだ。

平穏な暮らしが乱れるということは、いかに自分が役立たずであるかを思い知らされるだけだ……と、ハワルは辛く思った。


草原にはところどころに灌木《かんぼく》や、蔓《つる》植物が生えている場所がある。

蔓は濡《ぬ》らして乾かすことを繰り返すと丈夫な紐になり、家具などの木工品を作るのに役立つので、ハワルは時折、その蔓を取りに一人で出かけていく。

一番近い場所は南東に向けて半日ほどの、東の国との国境に近い場所だ。

もちろん馬で行けばもっと速いが、ハワルは馬に乗れる誰かに頼むことはせず、自分の仕事に必要なものは自分の足で取りに行くことに決めている。

帰りは重くなるはずの背負子《しょいこ》に、革袋に入った水と簡単な食料を積んで、ハワルは草原を歩いた。

草原といっても、その表情は多彩だ。

最近牧草地として使われていた場所は、羊に食べ尽くされて遠くまで茶色い地面が見える、荒れた印象だ。

こういう場所は、翌年まで休ませて次の草が育つまで待つしかない。

羊が食べるのには向かない、棘《とげ》の生えた茂みが延々続く場所もあれば、ジネズミがぽこぽこと穴を開けている砂地もある。

水場はほとんどない。

水を得るには、深い深い場所まで井戸を掘らなくてはいけない。

ハワルの部族の宿営地は三カ所あって季節ごとに移動するが、それはどこもなんとか塩辛い水の出る井戸がある場所ばかりだ。

同じ草原の部族でも、西の方には、山裾の地下水が豊富な場所から縦穴を掘って繋《つな》げた、連なり井戸を作れる場所もあるという。

春から秋にかけて、雪融《ゆきど》け水が川となって水を与えてくれる場所もある。

だがハワルの部族が住んでいるのは、そういう恵も受けられない、草原の中でも特に厳しい場所なのだ。

一度休憩を取って、午《ひる》近くまで歩くと、前方に灌木の群れが見えてきた。

その灌木に絡みつくように、蔓植物も茂っている。

必要なだけの蔓は持って帰れそうだとハワルが足を速めたとき……

ふと、何かの声が聞こえたような気がした。

足を止め、耳を澄ます。

細く高い声……鳥ではない、子羊の鳴き声でもない、あれは……

子どもだ、とハワルは気付いた。

小さい子どもの泣き声だ。

辺りを見回し、声のする方に駆け出すと、すぐに、一本だけ離れて生えている灌木の傍らにしゃがみ込んで泣いている一人の子どもを見つけた。
四、五歳くらいだろうか。
東の民だ、とすぐにわかった。

髪の毛を全部剃《そ》っていて、着ている木綿の服も、草原の民のように脇ではなく、中央で飾り紐で留め合わせている。

「どうしたの？」

そっと声をかけると、子どもははっと顔を上げてこちらを見た。

顔立ちも、草原の民ほどくっきりしていないぼんやりした印象だが、それでもかわいい男の子だとわかる。

子どもはハワルを見て一瞬驚いたように泣きやんだが、次の瞬間大きな声をあげて泣きだした。

おそらく迷子だ。草原の民の子なら、これくらいの年になれば草原で方角を見失ったりしないものだが、東の民の子は違うのだろう。

「もう大丈夫だよ」

言葉は通じるだろうか、と思いながらもハワルはそう言って、子どもを抱き上げた。

「泣かなくてもいいよ、どっちから来たの？」

優しく尋ねながら二、三度揺すってやると、子どもはようやく泣き止《や》む。

「父さんが、いない」

東の民の言葉だが、簡単な単語なのでハワルにもわかる。

「父さんと来たの？　さっきまでいたの？」

「ずっと、探してるの」

ということは、子どもの感覚だとしてもかなり前にはぐれたのだろうか。

「おなか、すいた？」

尋ねると子どもがこくんと頷いたので、ハワルは子どもを下ろし、自分の荷物の中から弁当に持ってきたパンを出し、小さくちぎってやった。

東の民は小麦よりも米を食べるというが、草原と接する場所で暮らしている人々はパンにも馴染みがあるのだろう、子どもは嬉《うれ》しそうに食べ始める。

水を飲ませ、干し肉も少し食べさせてやりながら、ハワルは周囲を見回した。

ここはまだハワルの部族の領地だが、東にもう少し行くと、東の国の領土になる。

とはいえ、水に乏しい痩せた土地や、馬がいやがる尖った石がごろごろしている石沙漠に囲まれていて、その石沙漠の隙間を縫うようにして少数の東の民が細々と暮らしているだけの、東の国にとっても「役立たずの辺境」であるのだろう場所だ。

そちらに向かえば、誰かこの子を知っている大人に会えるだろう。

見当をつけて、ハワルは子どもを抱いて歩き始めた。

子どもは、パンの切れ端を握り締めて、おとなしく抱かれている。

「名前は？」

「ミン」

「そう、ミンはいくつ？」

「よっつ」

他愛のない会話をしながら半刻ほど歩いていると、前方から一人の男が走ってくるのが見えた。

東の民だ。

慌てたように左右を見たり、立ち止まったり、また駆け出したりしている。

ハワルのほうが目がいいので、こちらが先に気付いてから少しして、ようやく向こうもハワルの姿に気付きぎくりとして立ち止まった。

「あれが父さん？」

ハワルがミンに尋ねたが、子どもにもまだ男の姿は見えないようだ。

男がその場から動かないので、ハワルはゆっくりと男に近付いた。

ようやく男にも、ハワルが腕にミンを抱いているのがわかったようだ。

「ミン！」

叫びながら、こちらに駆け寄ってくる。

手の届かない距離で、男はもう一度立ち止まった。

東の民の年齢はわかりにくいが、三十くらいだろうか、短い髪に円形の帽子を被《かぶ》り、ミンと同じように、正面で留める木綿の服を着ている。

「父さん！」

ミンが叫んで、ハワルに抱かれたまま両腕を男のほうに差し出した。

だが男は立ち止まったままだ。

その顔には怯《おび》えが浮かんでいる。

怖れているのだ、自分を、とハワルは気付いた。

辺境にいる東の民は、草原の民の勇猛さを怖がっているということは知っている。

だが今、ハワルは馬に乗っているわけでもなく、抜き身の太刀をぶらさげているわけでもないし、体型も草原の男としてはほっそりとして華奢だ。

顔立ちも母に似て優しい、男っぽいごつさとは無縁のもので、それがハワルにとっては劣等感のもとでもあるのだが、そのせいで子どもにも怖がられたことは一度もない。

それでも「草原の民」である以上、怖いものは怖いのだろう、とハワルは理解し、なるべく穏やかに口を開いた。

「あなたのお子さんですね？」

そう言ってミンを地面に下ろすと、ミンは一目散に父親のほうに駆け寄り、父親が急いでミンを抱き上げる。

その手に、ハワルが与えたパンの切れ端を握り締めていることに気付き、父親ははっとしたようにハワルを見た。

「あなたがこれを、くれたのですか」

草原の言葉が話せるようだ。

「向こうで、迷子になって泣いていたのです。会えてよかった」

ハワルが静かに言うと、男はミンを抱いたまま、そろそろとハワルに近寄ってきた。

「失礼しました、草原の民が、こんなふうに親切にしてくれるとは思わなかったので……」

「私たちは、怖いですか？」

思わずハワルが尋ねると、男は躊躇《ためら》う。

「私たちは……草原の民は荒々しく、出会うと刀を振りかざして追いかけてくる、と思っています。馬で追いかけ回して、こちらが転べば取り囲んで笑いものにし、金子《きんす》を奪っていき、抵抗すれば容赦なく殺す……と」

ハワルは驚いた。

そんなふうに思われているのか。

確かに、国境を巡回する草原の男たちは、こちら側に踏み込んできた東の民を厳しく追い払う、ということは知っている。

だがそれは、領土を守るためであり、追い払うことはともかく、むやみに相手を殺すことは禁じられているはずだ。

しかし東の民はそれを、ただただ恐ろしい暴虐だと感じているのだ。

草原の民は草原の民で、東の民は草原に戦をしかけ、男と家畜を殺し、女たちを連れ去る恐ろしい民だと思っている。

実際にこうして出会えば、互いに、いきなり相手に襲いかかったりするわけではないのだが。

だが、ハワルはふと気付いて、周囲を見回した。

「ここはまだ、こちらの領土の内側です。私以外の誰かに見つかると確かにうるさいことになるかもしれませんから、早く向こうに戻ったほうが」

ほとんど目印もない草原でも、ちょっとした起伏、遠くに見える山の姿、灌木の茂みの位置などで、自分がどこにいるかははっきりとわかる。

相手の男は頷いた。

「燃料の枝を取りに来て、こちら側に深入りしてしまったのです。戻ろうと思ったときには、この子の姿が見えなくなっていて」

そう言ってミンを抱き直し、向きを変えようとして、もう一度ハワルを見た。

「草原の民に、あなたのような方がいるとは思わなかった。お会いできてよかった……本当に、ありがとうございました」

深々と頭を下げてから、

「ミン、お前もお礼をしなさい」

腕の中のミンに促し、ミンもはにかんだ笑みを浮かべた。

「ありがとう、でした、ばいばい」

そう言って、パンを握った方の手を振る。

ハワルは思わず頰《ほお》を綻《ほころ》ばせた。

子どものかわいさは、どこの民も同じだ。

「それでは」

男はもう一度頭を下げて、今度こそ早足で、国境の向こう側に向かった。

ハワルはその後ろ姿を見送り、明確な線が引かれているわけではないが確かに存在する国境を、親子が無事に越えたのを確認し、自分も向きを変えて荷物を置いてきた灌木の茂みのほうに戻った。


収穫した蔓を背負って宿営地のほうに戻ると、遠くからも宿営地が少しざわついているのがわかった。

馬の数が多い。

そして……人の数も多い。

それが、数日かかる放牧地に出かけていた男たちではなく……族長を含む、近隣の部族との会合に出かけていた男たちなのだと、ハワルにはすぐわかった。

ということは……「彼」も、戻ってきたのだ。

そう考えた瞬間に鼓動が速くなったような気がして、ハワルは慌ててゆっくりと息をして自分を落ち着かせた。

それでも自然と足は速くなったが、宿営地に近付くにつれ、戻ってきた馬の中に、無意識に探していた馬がいないことに気付いた。

他の馬はみないる。

どうしたのだろう……何かあったのだろうか。

それでも、即座に男たちのいる場所に近付いていくことはハワルにはできず、宿営地の端にある自分の幕屋で、まず荷物を下ろした。

取ってきた蔓を選《よ》り分け、きちんと片付けてから、ゆっくりと幕屋の外に出る。

「ハワル」

子どもたちがハワルに気付いた。

「ねえ、父さんたちが戻ってきたんだよ！」

「俺の兄ちゃんも！」

「そう」

ハワルは頷いてから少し躊躇い、そして尋ねた。

「みんな戻ってきたの？　ユルとかゲネンとか……オーリとかも？」

ついでのように、この国の古い言葉で「ふくろう」を意味する、その名を口に出す。

「オーリは一人だけ、別な用事で別なところに行ったんだって。でも今日中には戻るだろうって」

情報が多いことを誇るように一人の少年が得意そうに教えてくれる。

そうか、オーリは一人で何か、別な場所に行ったのだ。

そもそも、今回族長たちが集まったのは、何か東の国との問題についてらしいとハワルも洩《も》れ聞いている。

近隣の部族は、同じ草原の民ではあるが、同時に領地を争う敵同士でもある。

互いに境界を越えて放牧地を奪い合うのは草原の伝統だ。

放牧地が多いか少ないかは、草原の民の死活問題だからだ。

戦になれば人が死ぬが、戦をしないで飢えて死ぬのとどちらがましかといえば戦を取る、草原の暮らしはそれくらい厳しい。

しかし草原の戦は、たとえば負けたほうは人質を差し出すがその人質はある程度大切に扱われるとか、互いの婚姻で領地のやりとりに決着をつけるなど一定の決まりに則《のっと》っており、それは東の民との戦とはまるで違うものだ。

そして今回、東の国との問題は部族を超えて話し合うべき問題だと言い出した部族があり、その招きに応じて、族長たちが集まり会議が開かれた。

とはいえハワルの部族は東の民の危機をそれほど身近に感じていないので、実際に攻撃を受けた部族と温度差はあるのだろう。

そういったことを……ハワルは、又聞きしているだけだ。

男たちを集めた会議に、ハワルが呼ばれないことはしばしばあるからだ。

馬に乗れない男は男ではない。

戦はもちろんのこと、今回のように遠出をする族長の供をするとか、何かの使いに出るとか、そんな役に立つことができない男は、宿営地にいる女子ども、老人と同じだ、と……自分が呼ばれない会議があるたびにハワルはそれを思い知らされている。

今回の族長会議の結果も、自分は直接聞けるかどうかわからない。

それに比べ……「彼」は、一人で何か別な任務を託されるほどに、族長から信頼されているのだろう。

ハワルはため息をつき、自分の幕屋に前に戻った。


蔓は干しては水に浸し、また干して乾かすことを繰り返してやわらかく、そして強靱《きょうじん》になっていく。

自分の幕屋の陰に蔓を干していると、馬の足音が聞こえた。

ぴくりと耳をそばだてたハワルだが、気付かぬふりを装って作業を続ける。

すると、馬からかろやかに飛び降りる男の気配がした。

「ハワル」

低い、しかし響きの明るいよく通る声がハワルを呼び、ハワルは今気付いたというように振り向いた。

背の高い、一人の男が立っている。

鼻筋の通った、はっきりした目鼻立ちの、日に灼《や》けた男。

草原の男らしい精悍《せいかん》さの中に、声同様の明るさを宿した瞳《ひとみ》。

頸《くび》の後ろで無造作に結んだ髪は、ハワルの少し明るい色の、真《ま》っ直《す》ぐな髪とは違い、漆黒でわずかに癖がある。

刺繍の入った紺色の木綿の上着も、革の長靴も、埃《ほこり》に汚れている。

「今、戻った。変わりはないか」

無言でいるハワルに、男は大股で近寄ってくる。

男の人懐こい笑みが、それ以上ハワルに無言でいることを許さない。

「……変わりようがありません、ご覧の通り」

しぶしぶ答えながらも、ハワルは相手の顔から目が離せないように感じた。

ここ数年で、若者から「大人の男」へと変わりつつあるオーリは、会うたびに男らしさと精悍さを増しているように見える。

それでいて立ち姿にはしなやかさがあり、唇の端に常に浮かんでいる人懐こい笑みは、眩《まぶ》しいほどに他意がない。

「旅から戻って、宿営地に待つものに変わりがないのは嬉しいことだ」

相手の言葉に深い意味がないのはわかっているが、思わずハワルは言い返した。

「僕が変わらないからといって、オーリが嬉しい意味がわかりません。そういう言葉を言ってあげる相手を作ればいいのに」

相手……オーリは、ハワルのそれくらいの言葉にはたじろがず、にっと笑った。

その、鋭さと愛嬌《あいきょう》が同居した独特の雰囲気は、「ふくろう」を意味するオーリという名によく似合っている。

「俺は、自分がしたいようにしているんだ。まず一番に、エレルヘグが無事に戻ったことをお前に見せたかったしな」

オーリはそう言って、自分が今降りた馬のほうを振り返る。

栗毛でたてがみが黒く、額から鼻面に斜めに白い星が流れ、足の先が一本だけ白い美しい馬は、オーリの衣服と同じように埃にまみれ、それでも疲れた様子などみじんもなく、そこに立っていた。

「……エレルヘグ」

ハワルは馬の名を呼んで、ゆっくりと近寄った。

エレルヘグはじっとハワルが近付くのを待ち、ハワルがそっと手を伸ばすと、「撫でたいなら撫でてもいい」と許可するように、わずかに頭を下げる。

その鼻面を、ハワルはそっと撫でた。

この国の古い言葉で「勇敢」を意味するエレルヘグは、その名の通り恐れを知らぬ、誇り高く悧巧《りこう》で強い馬だ。

部族の持つ馬の中でも、特に優れた馬の一頭であり、優れた乗り手であるオーリが駆ると本当に無敵だと皆が言うが、もともとの持ち主は、ハワルの兄、ホロルだった。

「春」を意味するハワルと、「水晶」を意味する七歳年上のホロルは、それぞれその名の通り美しい子どもだと昔は言われたものだ。

顔立ちはどちらも部族で一、二を争う美人と言われた母に似ているが、雰囲気が違う……硬質な美しさを持つホロルと、優しい美しさを持つハワル、と。

大人になるにつれホロルは、太刀を持っても弓を構えても優れ、中でも馬を操る技術は部族内でもオーリと双璧と言われるほどになった。

それでいて無骨さのない品のある姿は「水晶」を意味するその名前にふさわしかった。

馬に乗れなくなってしまったハワルを、最後まで苛立つことなく励ましてくれたのも、兄だった。

ハワルたち兄弟の父は族長のいとこにあたり、今の族長には男子がいないため、一時は兄

が族長の養子としてあとを継ぐ、という話も出ていたほどだ。

その兄が突然の病に倒れたとき、まだ二十二だった。

そして病を得て数日で、あっという間に亡くなってしまったのだ。

オーリは、その兄の親友だった男だ。

本来なら弟のハワルが受け継ぐはずだった兄の馬を、父は、ハワルではなくオーリに貰ってほしいと望んだ。

オーリは自分の馬を病気で失ったばかりだったし、オーリもまた、ホロルに劣らない馬の乗り手だからだ。

二人が馬を並べて草原を駆ける姿の美しさを、ハワルは今も覚えている。

彼らは「馬を並べる関係」だった。

草原で言う「馬を並べる関係」とは、親しい男同士の、一対一の特別な関係だ。

その「特別」には、身体を重ねることも含まれ、実の兄弟よりも互いを優先し、互いを大切にし、助け合う。

どちらかに妻ができればその関係は終わるが、それでもかつて「馬を並べる関係」だった男たちの深い友情は死ぬまで変わることがない。

オーリとホロルは、そういう似合いの一対だと、部族の誰もが認めていたのだ。

そして、兄の馬はオーリに渡った。

だから今のハワルにとって、エレルヘグは「他人の馬」にすぎないのだが……

「ハワルに会えて嬉しいだろう」

エレルヘグの鼻先を撫でているハワルに、オーリが歩み寄った。

「な？　エレルヘグ？」

「そんなこと」

ハワルは首を振って一歩下がり、思い切って言った。

「あの……僕に、わざわざエレルヘグを会わせなくてもいいので……」

「いやあ……」

オーリは困ったような顔になった。

「ええと……こいつのほうが、お前に会いたがっているように思ったから」

ハワルにはとてもそうは思えない。

エレルヘグを撫でていても、オーリが撫でるのとは違う微妙な緊張感と距離感があることは、オーリにだってわかるだろうに。

エレルヘグにとってハワルは、自分を乗りこなすことができない女たちや子どもたちと同じように、触れることは許すがそれは「許可」であり、自分からすり寄ることはしない存在だ。

それなのにオーリは何かというとエレルヘグの様子をハワルに話したり、エレルヘグの馬具などについて細々としたことをハワルに相談しに来たりする。

それは「もともとお前の馬になるはずだった」という気遣いなのかもしれないとハワルは思うが、そういう気遣いは苦痛なだけだ。

気まずい沈黙が落ちたが、オーリは何か思い出したようにぱっと顔を輝かせた。

「そうそう、土産《みやげ》があるんだ」

そう言ってエレルヘグの鞍につけた荷物の中から、布包みを取り出す。

その中から、斑毛《ぶちげ》の兎《うさぎ》の毛皮を取り出し、広げてみせた。

「帰りがけに捕らえたんだ」

旅の途中、食料を調達したときに捕らえたのだろうか。

「うまいこと、矢傷が目立たない毛皮になった。上着の襟にでも使ってくれ」

嬉しそうに毛皮を差し出され、ハワルは戸惑った。

自分に……旅の土産をくれても困る。

オーリの帰りを待ちわびている妻や許婚者《いいなずけ》ではないのだから。

「いただくわけには……」

ハワルは毛皮を受け取るまいと、両手を後ろで組んだ。

「他に誰か……オーリの帰りを待っていた人がいるのではないのですか」

オーリが慌てたように首を振る。

「いない、そんな相手は誰も。お前もそれは知っているだろう、それに」

ちょっと、照れたような笑みを浮かべる。

「この珍しい斑毛を見た瞬間、お前に似合うと思ったんだ」

その、明るく人懐こい笑みは、ハワルの心を一瞬揺らめかせた。

だが……だが、だめだ。

オーリからこんな贈り物を貰う理由は本当にないのだから。

ハワルとオーリの関係は、ハワルの兄とオーリが「馬を並べる関係」だった、というだけに過ぎない。

理由のない、過ぎた厚意は、ハワルにとって心苦しいだけだ。

「受け取れません、本当に」

ハワルの言葉に、オーリが顔を曇らせたとき……

「オーリ」

部族の年長の男の一人が、少し離れたところからオーリを呼んだ。

「夜は族長の幕屋で会議だ、戻ったばかりなのだから少し休んでおけ」

「わかりました」

オーリは答え、ハワルを見る。

「じゃあ……あとで、お前も会議に出るだろう？」

「わかりません」

ハワルは素っ気なく首を振った。

男たちの会議にハワルが呼ばれるかどうかはそのときの議題次第だ。

「あ……」

オーリもそれに思い当たったらしく、ばつの悪そうな顔になる。

「悪かった、その……」

「いいんです、どうぞ行ってください」

無表情でハワルが言うと、オーリはまだ何か言おうかとかすかに躊躇い、それからふいに毛皮をぽんとハワルのほうに投げて寄越した。

「あ」

とっさに、思わずハワルは手を出してそれを受け止めてしまう。

それを見てオーリはにっと笑い、

「受け取ってくれたな、それじゃ」

そう言ってエレルヘグの手綱を取ると、ハワルが毛皮を突き返す間も与えず、さっさと歩き出してしまう。

やられた、と思いながらハワルはその後ろ姿を見送った。

これから馬の手入れをして、旅の埃を落として、食事をして、休むはずだ。

そういうすべてを後回しにして、まず自分のところにやってくるオーリの気持ちが、ハワルには重たい。

ホロルの弟だから気遣ってくれるのだとしても……それでも、優先順位はもっとあとでいい、土産もいらない、ハワルだってそのほうが気楽だ。

憐れまれ、同情され、優しくされるより、放って置いてくれたほうがいい。

オーリと離れていると、オーリはどうしているのだろうかと気になるくせに、いざオーリがやってくると気詰まりなだけの自分は、おそらくひねくれているのだろう……と、オーリの後ろ姿を見送りながらハワルは思い、ため息をついた。


その夜の、族長の幕屋での会議には、ハワルも含めた男たち全員が呼ばれた。

早めに行って隅の方に座を取ろうと幕屋に入りかけたとき、中から父が出てきた。

「……ハワルか。変わりないか」

どこか憮然《ぶぜん》と、抑えた口調で父が話しかけてくる。

「はい、父上には、長旅からの無事のお戻り、お疲れさまでした」

ハワルはそう言って頭を下げた。

族長のいとこで側近でもある父も、今回の族長の旅に同行していたのだ。

ハワルは十五になったときに、両親の幕屋を出ている。

普通は男子は、結婚するまで両親の幕屋に付属した幕屋で暮らす。

結婚が決まると、妻の両親が持参金の一部として幕屋を贈る。

だがハワルが馬に乗ることを父が諦めた時点で、手に職をつけ一人で生きていかなくてはならないと、小さな幕屋をハワルに与え、家から出した。

兄が亡くなったのはその直後だ。

両親には自分と兄しか男子がいなかったから、本来ハワルが跡取りになるべきだったが、それは叶《かな》わない。

族長同様「男子のいない」父は、それでも妹に婿を取って自分の幕屋や家畜を継がせることを考えていると洩れ聞いている。

そんな父はハワルのことを「諦めた」とはいえ、接するときにはどこかぎこちない。

それは仕方のないことだ。

「母が、お前に新しい服を作ったそうだ」

父は素っ気なく言った。

「取りに行ってやれ」

両親の幕屋は宿営地の真ん中、族長の幕屋の近くに建っているし、ハワルはどこの宿営地に移っても、一番外れの孤立した場所を選ぶから、自然、母とも毎日顔を合わせることはなくなっている。

それでもハワルを気遣って時折食料を届けたり服を縫ってくれたりする気遣いはありがたいと思う。

「はい、では明日にでも」

ハワルは父に頭を下げ、幕屋に入った。

族長の幕屋は広い。家族が住む幕屋とは別に、いつでも男たちが集まれる大きな幕屋が建てられているのだが、それは中にも柱が何本も立った、特別な幕屋だ。

それでも、遠くの放牧地に出かけている男を除いた三十人ほどが、床に敷かれた絨毯《じゅうたん》の上に座ると、隣の男と膝が触れ合うほどだ。

男たちが次々に入ってきて、座る。

ハワルもその男たちと黙礼を交わすが、誰もハワルに積極的に話しかけてはこない。

嫌われているわけではない、ハワルもそれは知っている。

だがハワルのような「馬に乗れない男」と、どういう距離感で接すればいいのか、誰もが戸惑っている。

自分は異分子なのだ、とハワルはつくづく思う。

オーリもやがて姿を現したが、その席は族長の椅子に近い場所だ。

族長が姿を現して、その上座の椅子に座ると、幕屋の中は静まり返った。

他の男たちと変わらない木綿の立ち襟の服を着ているが、ほころびや繕いのあとのない、美しい刺繍がほどこされたものだ。

額にはめた銀の輪は、族長と、族長の直系の男にだけ許されるものだが、今の族長には男子がいないため、事実上「族長のしるし」になっている。

「知っているものがほとんどだと思うが」

こめかみに白いものが混じりはじめているが、まだまだがっしりとして威厳のある族長が口を開いた。

「この辺りの部族の族長を集めた会合が開かれ、行ってきた。行く前は何かの陰謀ではないかと疑いもしたが、そういうわけでもなかった」

確かに、そういう使いが来たときには疑うものも多く、出席するかどうかで会議はかなりもめたのだが、そうでなかったことは族長たち一行が無事に戻ったことでわかる。

「近頃、東の国が草原を攻撃していることは皆知っていると思う。会議の議題は、草原の民はまとまって、その東の国と戦うべきだという話だった」

「あいつらと一緒にか?」

一人の男が不満そうに声を上げる。

「長年、周りの部族とは敵同士だったんだ。二十年前、族長の息子が殺されたときのことを忘れるわけにはいかない」

別な男がそう言うと、賛同の声があがる。

「その通りだ、手を結ぶというのなら、これまでの借りを返してもらってからだ」

「八年前に奪われた放牧地も返してもらわないと」

「そうだそうだ」

そういうことを言うのなら、自分たちの部族が周辺の部族から奪ったものも返さなくてはいけないのではないかとハワルは思ったが、黙っていた。

会議に出席を許された以上、ハワルにも発言権はあるのだが、それでもそんな権利を行使したことなど一度もない。

それに、もしそんな考えを口にしても、それは昔取られたものを取り返したのだと反論されるだけだろう。

草原の部族は、もともとひとつの部族だったものが枝分かれしたり、長年互いに奪ったり奪い返したりして、そもそも最初はどの放牧地がどちらの部族のものだったのかなどわからないものだ。

長年そうやって相争ってきた草原の民は、言葉や習慣が同じなだけで「ひとつのまとまった民」という感覚は皆無だ。

「話を最後まで聞け」

族長が少し声を荒げ、男たちはぴたりと黙る。

「わしも、他の族長も、そういう意見だった。それどころか、会議の前に顔を合わせた族長同士で、これまでの恨みから殺し合いがはじまりそうだったからな」

おそらく族長も、昔自分の息子を殺した部族の族長を殺してやりたかったことだろう。

「じゃあ、会合はどうなったんだ」

誰かが尋ね、族長はふうっとため息をついた。

「まあ、大荒れよ。だが、おかしな話も聞いた。なんでも、どこかの部族の若い族長が、草原の部族をどんどん自分の配下に置いて、ひとつの部族にまとめているという。少し前にあった、東の国との大きな戦も、その族長が率いる連中が戦ったらしい」

ハワルは、その話に興味を覚えた。

ひとつにまとめる、というのは……周辺の部族をすべて戦で従える、というのとは意味合いが違うように思える。

そして、物売りも言っていた「大きな戦があって東の国の大群を撃退した」という話がその族長と結びつくのなら、そこには何か、新しい考え、今まで草原の民が知らなかった別な考え方があるのではないだろうか。

その若い族長というのはどういう男で、何を考えているのだろう。

だが周囲の男たちは、顔を見合わせ、ざわめいた。

「一人の族長が、他の部族をひとつにまとめる……だと？」

「その、まとめられた部族の族長はどうなったんだ？　全員殺されたのか？　まさか、自分の部族を全部、その若造に引き渡したのか？」

「それはただ、戦が強く、草原の戦の掟《おきて》を守らない男というだけじゃないのか？」

「だったら東の国よりも、その男のほうがよほど危険じゃないのか」

「そういう意見ももちろんあった」

族長も頷く。

「だから今回の会合では、その男の配下に入ることは問題外だと全員が言った。だが、東の国の脅威があるのは確かだ。よって、今回集まった部族は、当面互いの戦は見合わせよう、ということにはなった」

互いの戦を見合わせる……それは、喜ばしいことばかりではない、という空気が男たちの間に漂った。

「だがもし、俺たちの羊に病気がはやって数が減ったら？　それでも、隣の部族の羊を戦で奪っちゃいけないのか？　俺たちには飢えて死ねと？」

「俺たちがその話を真に受けて戦の準備を怠っている間に、隣の部族が仕掛けてきたらどうするんだ？　ただただ負けろというのか？」

男たちが不満そうにざわめく中……

「でも」

思わずハワルが呟《つぶや》いてしまったのは、たまたま周囲の男たちの言葉がわずかに途切れた瞬間だった。

しまったと思ったときには、近くにいた男たちがハワルを見て、眉《まゆ》を寄せた。

「なんだ、ハワル、言いたいことがあるのか」

「お前には何か違う意見があると？」

「面白いじゃないか、言ってみろ」

族長にまでその声が届いたのか、こちらに目を向けられる。

「何か、違う意見があるものがいるのか？」

「ほら、ハワル」

左右の男たちに肘でつつかれ、ハワルは仕方なく立ち上がった。

族長も父も、「なんだお前なのか」という顔でハワルを見る。

「族長、ハワルの言うことなど」

父の言葉に、

「いや」

族長が首を振った。

「別な意見があるというのなら聞いてみよう。ハワル、どう思うんだ？」

仕方ない、とハワルは覚悟を決めた。

こうなったら、自分が思ったことを言ってしまうしかない。

「その……」

声が掠《かす》れ、男たちの間に忍び笑いが広がったが、ハワルは咳払《せきばら》いをして気を取り直した。

「草原の民がひとつにまとまる、というのは……いいことではないのでしょうか。もし……同じ部族の、隣の家族が飢えていれば、周りの家族が助けてやりますよね？　ひとつの部族がひとつの家族のようなものだと考えれば、困っている部族を別な部族が助けてやることもできるのでは……？」

ハワルの意見をそれでも真面目《まじめ》に聞いてやろうかという顔だった男たちが、一斉に笑いだした。

「ばかなことを」

「部族と家族は違う」

「自分の部族が飢えそうでも、顔も知らない隣の部族を助けろというのか？」

「それは、女子どもの考え方だ」

「戦場を知らないものの言いぐさだな」

ハワルは、消え入りたい気持ちになって俯《うつむ》いた。

戦場を知らない、女子どもの考え方……自分の考えは、そういうものなのだ。

馬に乗れない、男扱いされていない自分は、いつの間にか考え方も「草原の男」ではなくなっている、ということなのだろうか。

そのとき、

「ちょっといいか」

ひとつの、よく通る明るい声が幕屋の中に響いた。

オーリだ。

ゆっくりと立ち上がったオーリに、男たちの視線が集まる。

その視線は、ハワルに対する「何を言い出すか知らんが聞くだけ聞いてやろう」というような揶揄をまじえたものとはまるで違う、まだ年若いが確実に一族の中で頭角を現しかけている男に対する敬意を含んだものだった。

「俺は、今のハワルの意見もよくわかる」

オーリはきっぱりと言った。

「その男についてはわからないことも多いが、東の国に対抗することを考え、戦によらずに草原の民をまとめる方法があるのなら、それを知りたいと思う。だから、とりあえず俺たちは東の国の攻撃に備えて戦の準備は怠らず、同時に、その噂の族長のことも調べてみるべきではないかと思うんだが」

オーリは……自分を庇《かば》ってくれているのだ、とハワルは思った。

ハワルの、男たちにとっては笑いぐさでしかない意見も汲み取りつつ、とりあえずは戦に備えよ、というのは一番現実的な意見だ。

「そうだな」

族長がゆっくりと言った。

「あちこちに、探りを入れる使いを送るのは悪くない。そしてもちろん、どちらから攻められても対応できるように、戦の備えはせよ。相手がどちらから来た場合でも、女子どもをどこにどう逃がすか考え、自分の馬と武器を準備しておけ」

そして一瞬置いてから、座る機会を失ってまだ突っ立っていたハワルにちらりと目を向ける。

「戦に加われないものは、女たちと一緒に逃げる準備を、な」

さざ波のように忍び笑いが広がった。

それは、この場でハワル一人に向けられた言葉であることは明確だ。

逃げる準備を……自分にできることはそれだけなのか、とハワルは拳を握り、俯いた。


逃げるだけではだめだ。

自分の身は自分で守り、そして馬には乗れなくても、女たちや子どもたちを助けることができなくては。

以前から、自分はそうあるべき、と思ってはいた。

だから一人で、剣の稽古も弓の練習もしてきた。

だが……ハワルのそういう努力は、結局宿営地が攻撃されて女子どもが逃げ惑う事態にならなければ役に立たない。

そしてここしばらく、近隣の部族とは境界にある放牧地の奪い合いだけで、そこまで大きな戦にはなっていない。

もちろん、そのほうがいいのは確かだ。

だからハワルは、自分が剣の腕を磨くことは、女たちが使うあてのない鍋を毎日ぴかぴかに磨くようなむなしいものだともわかっている。

それでも、何かせずにはいられない。

剣を構え、振り上げ、振り下ろす。

右側と後ろに敵がいると想定して、相手の剣がこう来ればこう受け、身を翻《ひるがえ》して次を待つ、という動きを繰り返す。

それでも……草原の真ん中で、相手もいない状態でやれる稽古というのは限られていて、ハワルは実際自分の剣の腕がどれくらいのものなのかもよくわかっていない。

ハワルを相手に稽古をつけてやろうという男はいないし、そもそも草原の民の剣は馬に乗って戦うことを前提にしている動きだから、地面に立って使う剣のちゃんとした稽古の方法などないに等しいのだ。

それでもハワルは次第に集中しはじめた。

草の中にいる鳥がかさりとたてる音、ジネズミの足音、そういうものに即座に反応してそちらに剣を向け、振り下ろす、なぎ払う。

動きの間に別な音が別な方向から聞こえれば、即座に反応する。

そうしているうちに、鳥やジネズミではない何かの音が背後から聞こえ、ハワルはさっと振り向いて剣を振りかざし――

はっきり見える場所に、一頭の馬がいることに気付いた。

エレルヘグ……当然、オーリが乗っている。

こんな距離に来るまで気付かなかったとは、近くの音ばかりに気を取られすぎていたのだ。

オーリがゆっくりと近付いてきたので、ハワルは剣を下ろして待った。

本当は逃げ出してしまいたい。

こんな場所で一人こっそり、役に立つかどうかもわからない剣の稽古をしているところを見られたのだと思うと、恥ずかしくていたたまれなくなる。

だが草原で「偶然通りかかる」などということはありえない、オーリはここにハワルがいることをわかっていて来たのだから、何か用事があるのだろう。

数歩離れたところまで来て、オーリはひらりと馬から下りた。

そのまま、じっとハワルを見つめる。

その目はやわらかな、どこか笑みを含んだものに見えたが、それがハワルには剣の稽古をしていることを笑われているように思える。

ほんの短い時間だったのかもしれないが、オーリに見つめられている時間が果てしなく長く思えて、ハワルが身じろぎしたとき、

「剣の稽古をしていたのか」

ようやくオーリが口を開いた。

見ればわかることだろうに。

「無駄なことをしていると言いたいのですか」

思わず、棘のある口調で言い返してしまう。

「いや」

オーリは首を振った。

「遠くから見ていたが、なかなか筋がいいと思った」

「……え？」

筋がいい、などと……無様に地上で振り回している剣が？

からかっているのだろうか、と思ったが、オーリは真面目な顔だ。

「背筋が伸びていて構えがいいし、反応も速い。お前のような肩のやわらかさは、剣を扱うのに有利だ」

そう言ってから、ハワルの背後に立つと、そのまま後ろからハワルの両肘の辺りを摑《つか》んだ。

オーリの大きな身体を背中で感じ、ハワルの鼓動が速くなる。

子どもの頃から兄よりも大柄ではあったが……いつの間にかこんなにも、胸も肩も逞《たくま》しい男になっていたのか。

しかしオーリはそのまま淡々と、ハワルが剣を持っている右手をあげさせた。

「こう、振り下ろしていただろう？　これは、実際に敵に当たったときに手首を痛める角度だ。特に、東の民は革鎧《かわよろい》ではなく重い鉄の鎧をつけていることがあるから、そういう相手にはこの角度から、こう下ろすのがいい」

オーリに操られるように、ハワルは数度、剣をゆっくりと振り下ろした。

なるほど……跳ね返されたときの手首にかかる衝撃は、オーリの言うとおりにしたほうが軽そうだ。

実際に剣で敵と戦ったことのない自分には、気付けなかったことだと思う。

そしてオーリの言ったことも、興味深い。

「東の国では……鉄の鎧を？　重いのでは？」

振り返ってオーリを見上げると、オーリは頷いてハワルの腕を離した。

「そうだ、重い。だから動きは鈍いが、痛手は少ない。それに、全員が鉄鎧をつけているわけでもなく、全員が馬に乗っているわけでもないんだが、とにかくおそろしい人数でこちらを押してくるんだ。恐ろしい相手だ」

そう言ってから、ふとハワルの頭からつま先までをつくづくと眺め、ふっと頬を綻ばせる。

「気付かぬうちにずいぶんと背が伸びていたのだな」

ハワルはその視線が眩しく思え、思わず俯いた。

兄とオーリにとっては、ハワルはずっと「馬を並べる相手」の幼い弟だったのだろう。

オーリは本当に、物心つくかつかないかくらいからの「親友」だった。

ハワルとは七歳違いだから、オーリはハワルを生まれた時から知っている、ということになる。

つまり……子ども扱いされているのだ。

それもこれも、自分が「一人前の男」ではないからなのだろうと思うが……オーリに子ども扱いされることが、どうしてこんなに胸の痛むことなのか、よくわからない。

「もう……十八ですから」

思わずハワルがそう言うと、オーリははっとしたようにハワルの顔を見た。

「すまない、そういう意味じゃなかったんだ」

それから、のんびり草を食《は》んでいたエレルヘグのほうを振り返り、少し考え……言葉を探しているように見えたが、思い切ったようにまたハワルを見た。

「ハワル、少しエレルヘグで遠出してみないか」

ハワルはぎくりとした。

それは……自分に、エレルヘグに乗れ、ということか。

ハワルが「馬に乗れない」ことは百も承知のはずのオーリが。

ハワルの顔色が変わったのを見て、穏やかに言った。

「いや、押し付けるつもりはないんだ。ただ、ちょっと遠出して、お前に見せたい場所があるから」

見せたい場所が……？

どこのことだろう。

自分の足でしか移動できないハワルが知っている場所は限られている。

部族の領土の中の、宿営地と宿営地を結ぶ線上だけだ。

たとえば北に霞《かす》んで見える山々とか、西の端の放牧地などには行ったことがない。

馬で「ちょっと遠出」は、ハワルにとっては一日がかりの場所のはずだ。

普段の行動範囲の外に行ってみたいという気持ちはもちろんあるのだが、それは無理だろうと思っていたことを、オーリはいとも簡単に提案してくる。

馬に乗る練習をしろ、というのではなく……もっと気軽に、ただ少し遠くへ行ってみないか、というだけの誘い。

ハワルが即座に拒否しなかったのをどう受け取ったのか、オーリはひょいとエレルヘグに跨がると、ハワルのほうに手を差し出した。

「俺が一緒に乗る、後ろにただ座っていればいい、なんだったら目を瞑《つむ》っていてもいいんだ、ほら」

反射的に、その手に自分の手を載せてしまったことに気付いたときには、ぐっと握られて引っ張られ、ハワルはオーリの後ろに乗っていた。

何年ぶりかの馬上。

こんなに目線が高かっただろうか。

恐怖を感じるいとまもなく、オーリは「摑まっていろ」と言って、エレルヘグの腹を軽く蹴《け》り……慌ててハワルは鞍の後ろに摑まった。

オーリは馬を走らせるわけではなく、軽快な速足で北に向かう。

ハワルは馬の揺れを感じて思わず目を閉じた。

この馬が、突然後ろ足で立ち上がったら。

自分が振り落とされるだけならともかく……その脚の下に、誰かがいたら。

背中をざっと汗が伝う。

そのとき……

「風が気持ちいいだろう」

オーリが言った。

ゆったりとした穏やかな口調に、ハワルの恐怖がわずかに鎮まる。

そうだ……馬を操っているのは自分ではなく、オーリだ。

部族でも一、二を争う乗り手だ。

そして、エレルヘグの動きには上下運動がほとんどない。

エレルヘグは、右前足と右後ろ足、左前足と左後ろ足を同時に出すよう訓練されている、上下動の少ない貴重で優秀な馬なのだ。

それを身体で感じ、ハワルはゆっくりと目を開けた。

周囲は、どこまでも続く草原だ。

草は風に波打ち、さまざまな緑が刻々と模様の変わる織物のような景色を造り出している。

そして、優しい風。

今日は風の弱い日で、歩いているとほとんど感じないほどなのに、こうして馬上にいると顔を、髪を、気持ちのいい風が撫でていくのがわかる。

——大丈夫だ。

乗り手を信じていれば、ただこうして後ろに乗っているだけなら、怖くはない。

ハワルはそう感じて、少し姿勢を正して座り直した。

それを背中で感じ取ったのだろう、オーリがエレルヘグの腹を両腿《りょうもも》で軽く締め、エレルヘグの速度が上がる。

やがてエレルヘグは軽やかに駆け足をはじめた。

それも、ごく自然に速足から移行したので、ハワルが身構える間もなかった。

さすがに身体は上下に動くが、その動きは滑らかで、身体が馬上で跳ねるようなことはない。

ハワルは、自分の目の前にあるオーリの背中に目をやった。

広い背中、ぴんと伸びた背筋。

馬の動きに合わせ、馬と一体になったかのように、木綿の薄い上着の下で筋肉がうねっているのが見えるような気さえする。

このオーリと……兄が、馬を並べて草原を駆けるさまは、どれだけ美しかったことだろう……とハワルは思った。

馬を並べる関係の二人は、気が向くままに、何日も旅に出ることもある。

そういう相手を失って、オーリは寂しくはないのだろうか。

これほどの乗り手で、人望もありまだ若いオーリだから、申し込んでくる男もきっといるはずだろうに、オーリは決まった相手を作っていない。

馬を並べる男同士の関係は、普通、どちらかの結婚で自然と終わるものだが、ハワルが知る限りオーリにはそういう相手もいないようだ。

……兄を、忘れられないのだろう。

馬を並べる関係の二人は、兄弟や単なる友人以上の間柄として、時には身体を重ねることもある。

そういう相手を若くして病で失って、忘れろというのは難しいのかも知れない。

そして、兄を忘れられないからこそ、こうしてハワルのことも気にかけてくれる。

それを自分は、ありがたいと思うべきなのだろうか、それとも……

「ハワル」

いつの間にか物思いに耽《ふけ》っていたハワルは、オーリの明るい声にはっとした。

「見ろ、山だ」

オーリが指さす先に、低い山がある。

緑の高原から、灰色のごつごつとした岩山が立ち上がっている。

その背後にある遠く高い山々が、草原にちょっと足先を出してみた、という感じだ。

もうこんな場所まで来ていたのだ。

オーリは岩山の際でエレルヘグから飛び降り、ハワルに向かって両手を出した。

「え」

その腕で抱き留めるから飛び降りろと言われているのだとわかり、思わずハワルはうろたえた。

子どものように……だが子どもではないのに、あの腕の、胸の中に。

「だ、大丈夫です」

ハワルはそう言って、自分でエレルヘグからよじおりた。

オーリは行き場を失った腕をゆっくりと下げ、かすかに苦笑する。

「ほら、遊んでいろ」

優しくエレルヘグの首を叩《たた》くと、身軽になったエレルヘグは、そのまま数歩歩いて草を食みはじめる。

「それで……？」

ハワルは尋ねた。

オーリは「見せたい場所がある」と言ったのだ。

ここがその「見せたい場所」なのだろうか。

「こっちだ」

オーリはそう言って、岩山を登りはじめる。

下の方はなだらかだったのにその先は意外に急で、手を使ってよじ登ったり岩から岩へ飛び移ったりする場所もあるのだが、オーリはどうやら何度か来て慣れているらしく、すいすいと登って行く。

ハワルも足腰には自信があるのでそれほど遅れずに後に続き、ハワルが息切れしはじめる頃にはオーリは一足先に頂上に立っていた。

「ほら」

最後の一歩を登ろうとするハワルに手を差し出してくれるが、それが先ほど馬から下りるときのように子ども扱いされているような気がして、ハワルはその手に縋《すが》ることなく、オーリの隣に立った。

オーリは黙って手を引っ込め、ふう、と大きく息をつく。

「どうだ、ハワル」

促されてハワルは草原を見下ろし、その景色に思わず息を呑《の》んだ。

広い。

広く、美しい。

草原にも起伏があるとはいっても、こんなに遠くまで見晴らせるような高台はない。

緑の草原、茶色い地肌の見えている場所、灌木の茂み、それらが複雑に入り交じり折り重なって、青い空と交わる場所までどこまでもどこまでも続いている。

その空も、遠くには厚い雲に覆われている場所も見え、天候が違う場所まで、ここから見渡せるのだとハワルは驚いていた。

「こんなに、広いなんて……」

「そうだ」

オーリが頷く。

「こんなに広い、それでもまだ見えているのは草原のほんの一部で……俺たちの部族は、草原の中でも端の端にあるんだ。草原の西側など、この十倍見渡せてもまだ見えないだろう」

静かにそう言ってから、ハワルを見た。

「ハワル、お前にはこの世界を高い場所から見る力があると、俺は思う」

「え」

どういう意味だろう、とハワルが怪訝《けげん》な顔でオーリを見ると、オーリは真剣な眼差《まなざ》しでハワルを見つめる。

「この間の族長の幕屋での会議で、お前は一人、違うことを言った」

「あれは」

ハワルは俯いた。

草原の敵対する部族同士が手を結び、助け合うべきではないか、という意見は、戦場を知らない女子どもの考え方だと笑われてしまった。

思わず「でも」などと呟いてしまったことを、あとからどれだけ後悔したことか。

だがオーリは真面目な口調で続ける。

「俺は、ああいう考え方ができる人間がうちの部族にもいたことが嬉しかった。他の連中はみな、頭が固く考え方が古くて、視野が狭い。俺は今、世界は変わりつつあると感じているんだ。その世界に対応するためには、これまでの草原での生き方を、考え直さなくてはいけないのではないかと」

ハワルは驚いてオーリを見つめた。

嬉しかった、と……ハワルの意見を認め、褒めてくれているのだ。

自分の意見はただただ笑われ退けられるようなものではなかったのか。

そしてさらに、世界は変わりつつある……これまでの生き方を考え直さなくてはいけない、と……オーリは、そんなことを考えているのか。

「ハワル」

オーリはハワルを見て微笑《ほほえ》む。

「お前の意見は、まさに俺が考えていたことだった。草原の民はひとつにならなければ。そしてひとつになって、他の国と渡り合わなくてはいけない。そして渡り合うためには、その相手である東の国のことなども知らなくてはいけない。そう思わないか」

「東の国のことを……知る……？」

ハワルは戸惑って繰り返した。

ハワルの意見を、自分も考えていたことだとオーリは言うが、ハワルから見ると、オーリの考えはさらにさらに先に進んでいる気がする。

ハワルは、草原の民をひとつにまとめつつある若い族長の話には興味を持ったが、東の国をよく知るべきだ、とまでは思いつかなかった。

「よく知れば……東の国とも、わかり合えると思いますか？」

躊躇いながらハワルは尋ねた。

先日草原で会った東の民はごくごく普通の親子だった。

言葉も通じたし、異質な考え方をするとも思えなかった。

だがひとたび戦になると、家畜を殺すとか、人々を連れ去るとかいう、理解を超えた行動をする。

そういう人々と……わかり合うことなど、できるのだろうか。

「俺にも、それはわからない」

オーリは首を振る。

「だが、やってみなくては何もわからないだろう」

「それじゃあ……何か、するつもりなんですか？」

東の国のことをよく知るための行動を、起こすつもりなのだろうか？

だがそんなことはオーリの一存でできることではない、族長や、部族の長老たちの許可が必要なはずだ。

「今は、まだ」

オーリはそう言って、きゅっと唇を引き結んで再び広い大地に目をやった。

その横顔は引き締まり、陽光を受けて輝いているように見える。

引き締まった男らしい顔立ちだとは思っていたが、何か覚悟を決めたような大人びた……というか、どこか老成した感じがする。

オーリは部族の他の男たちとは違うのだ、とハワルは思った。

部族の男たちよりもはるかに広い視野を持って、世界を見つめているのだ。

この男の隣に立ち、同じ高さから同じ世界を見ていることに、誇らしく、そしてどこか切ないような喜びを覚える。

そのとき、オーリがハワルを見てにっと笑った。

「と、そういう話を……お前に聞いてほしかったんだ。付き合ってくれて嬉しいよ」

ハワルは、頬が熱くなるのを感じた。

オーリがハワルを認めてくれ……ハワルに話を聞いてほしかったと言ってくれた。

馬にも乗れないハワルを、兄の弟だというだけで気にかけてくれているのだと思っていたオーリが……ハワル自身を見てくれていたのだ。

頭が固い、視野が狭いとオーリが言った男たちの中で、ハワルは違う目線でものを見ていると認めてくれたのだ。

それがこんなにも嬉しいのはどうしてだろう。

オーリが何か、ハワルの言葉を待っているように感じたので、

「僕も……僕も、オーリの話が聞けてよかった」

ようやくそれだけ口にするとオーリは目を細めて頷き、地平に目をやる。

「さあ、そろそろ戻ったほうがいい」

確かに、日はまだ高いが、風がそろそろ夕方の気配を含みだしている。

二人が岩山を降りると、少し離れたところにいたエレルヘグが心得顔で近寄ってきた。

「よしよし」

エレルヘグの首を軽く叩いたオーリが、何気ない口調で言った。

「ハワル、もう一度馬に乗ってみないか」

「え」

ハワルがはっとしてオーリを見ると、オーリが頷く。

「もう一度試してみる気があるなら、俺が手を貸す。誰にも見られない場所で、練習するというのはどうだ？」

もう一度、馬に……乗る。

あの恐怖を克服する。

草原の男ではない扱いから、一人前の男になる。

それは、とうに諦めたはずの望みだった。

自分には不可能なことだと。

オーリは穏やかに続ける。

「馬に乗れさえすれば、もっと広い世界を見られる。別な場所を見に行ける」

一緒に、と……オーリはそう言っているのだろうか。

広い世界、別な場所を、一緒に見に行こう、と。

もし自分が馬に乗れて、オーリとともに駆けることができたなら。

ハワルの中に、激しい渇望が湧き上がってきた。

もしそんなことが可能なら。

「できる……でしょうか、僕に……」

不安を隠しきれずにそう言うと、オーリは力強く言った。

「やってみようと思いさえすれば、道はもう半ば以上来ていると俺は思う。お前が乗ってみようと思うなら絶対に乗れる」

本当にそうなのだろうか。

オーリが言うと、そうだという気がしてくる。

ハワルの心の中の変化が見えたかのように、オーリは微笑んだ。

「よし、じゃあ早速試してみよう」

そう言って、エレルヘグの前足のあたりに立って、手綱を短く握った。

「手綱は俺が持っている。ただ、馬の背に乗る。それだけのことだ」

明るい口調で、なんでもないことのようにオーリが言い、ハワルは鼓動が速くなるのを感じた。

そう、乗る、それだけのこと。

オーリの後ろに乗ってここまで来たのだから、同じことだ。

思い切って鞍に手をかけ、鐙に片方のつま先を引っかけると、もう片足で地面を蹴る。

ひらりと軽やかに、とは言えないが……それでも次の瞬間、オーリはエレルヘグの鞍の上に一人で座っていた。

「そうだ」

オーリが頷く。

「前を見てみろ」

ハワルは言われたとおり前方を見た。

視界が高く、世界は広い。

岩山の上から見たときほどではないが、地面に立って見ているより、はるかに。

「ゆっくり息をして、落ち着くんだ」

オーリが穏やかな声で言い、それからそっと、手綱を握った手をハワルのほうにあげた。

「手綱を、自分で握っていろ、エレルヘグは動かない。とにかく馬に任せるんだ」

馬に任せる。

確かに、エレルヘグは自分が何を求められているのかわかっているかのように、じっと立っている。

ハワルは手を伸ばした。

オーリがその手に、手綱を握らせ……そして、自分の手を引っ込める。

ハワルは両手で手綱を握った。

一人で、馬に乗っている。

そう意識した瞬間、ばくばくと心臓が音を立て始める。

だめだ、思い出しちゃいけない、あのことを思い出してはだめだ。

脂汗が全身に吹き出したように感じ、慌てて自分を落ち着かせようと、ぎゅっと目を瞑る。

その瞬間、無意識に手綱を引いてしまったのだろう。

エレルヘグが動いた。

ほんの一、二歩だけ前へ。

「あ！」

無理だ。

制御できない……自分は手綱を上手《うま》く操れない。

馬は棒立ちになり、オーリを踏みつけてしまう——！

そう思った瞬間、ハワルは手綱から手を離していた。

予期しない動きに、エレルヘグが首を大きく縦に振り、馬体が揺れて、ハワルはたてがみにしがみついた。

怖い。怖い、だめだ、無理だ……！

「ハワル、ハワル」

オーリの声が遠く聞こえる。

「大丈夫だ、落ち着け、手の力を抜くんだ……たてがみを放せ」

何度か言われてようやくハワルは、自分がエレルヘグのたてがみを一房、強く握り締めていたことに気付いた。

手放した手綱はオーリが握っている。

「あ……」

きつく握って開かない指をなんとか動かしてたてがみを放すと、手はぶるぶると震えていた。

ハワルは慌てて転げ落ちるように馬から下り、震える両手を胸の辺りに押し付けてしゃがみ込んだ。

「ハワル」

オーリが、ハワルの傍らに片膝をつき、背中に手を当てる。

「大丈夫だ、ちょっとエレルヘグが動いたからびっくりしただけだ、たいしたことじゃない、一人で乗れたじゃないか」

オーリはそう言うが、ハワルは、自分にはやはりだめなのだと思った。

どうしたって、誰かを踏んでしまうという恐怖からは逃れられない。

恐怖が馬に伝わるから、馬だっていうことを聞いてくれない。

「乗りたいのに……！」

思わず、呻《うめ》くようにハワルは言っていた。

僕だって……乗りたいのに……！

馬に乗り、オーリとともに草原を駆けたいのに。

「できるさ」

オーリが励ますように言う。

「お前ならできる。お前はホロルの弟だ。乗れないわけがない」

その言葉を聞いた瞬間——ハワルは自分の中の「乗りたい」という渇望が、ふうっと冷めていくのを感じた。

兄の、弟だから。

そう、オーリがハワルをこうやって励ましてくれるのは、自分がホロルの弟だから。

そんなことは百も承知だったはずなのに……どういうわけか、自分が自分自身として、オーリの隣を馬で駆けることを、一瞬夢見てしまったのだ。

だが、馬に乗れるようになったからといって、自分がオーリと「馬を並べる関係」になるわけではない。

いやもちろん、そんな大それたことを望んでいたわけではないはずなのだが……

オーリは、兄のように草原を駆けるハワルが見たかったのだ。

そして自分には、それは永久に無理だ。

たとえ恐怖を克服しても、兄のような素晴らしい乗り手にはなれるわけがない。

ハワルはオーリを見上げた。

オーリは……自分を見ているのではない、自分を通してホロルを見ているのだ。

「……ごめんなさい」

ハワルはようやく、そう言った。

「僕にはやっぱり……無理、です」

オーリの顔に落胆が広がる。

「そう、か」

オーリは残念そうに視線を落とした。

「そうか、悪かった」

気まずい沈黙が落ちる。

すると、エレルヘグが何か催促するように前足で地面を掻《か》き、軽くいなないた。

オーリがはっとする。

「ああ、そうだな、そろそろ戻って水が飲みたいのだな」

躊躇うようにハワルを見る。

「後ろに乗るのは……大丈夫か？」

ハワルは頷いた。

ここで、後ろに乗るのもいやだから歩いて帰るなどと言ったら、オーリのことだから馬を引いて一緒に歩くと言い出しかねない。

ハワルも、オーリが操る馬の後ろに乗るのなら、それほどの恐怖は感じない。

オーリが黙ってエレルヘグに乗り、手を差し出す前にハワルも自分で鞍の後ろに乗った。

エレルヘグが歩き出す。

速足……そして軽い駆足へ。

草原の地平に巨大な夕日が沈んでいくのを横目で見ながら、ハワルは、来るときにはとても近くに感じたオーリの背中が、とても遠いもののように感じていた。

宿営地の近くまで来ると、オーリは馬を止めた。

ハワルが後ろに乗っているところを、部族の男たちに見られたくないだろうと気遣ってくれたのだとわかる。

そういうオーリの細やかな気遣いも、今は辛い。

馬から下り……ハワルはオーリを見上げた。

「……今日は、ありがとうございました」

「いや……その」

オーリが何か言いかけたのを聞かず、ハワルはきっぱりと言った。

「もう、僕に構わないで下さい」

オーリがはっとする。

「ハワル、それは」

「お願いですから……僕を、みじめにさせないで下さい」

そう言いながらハワルは、それが自分の本心だと気付いた。

みじめになる……そうなのだ。

オーリが自分を気遣い、励まし、気にかけてくれればくれるほど、それに値しない自分がみじめでたまらなくなるのだ。

「……そうか」

オーリは唇を噛んだ。

「……悪かった、お前の気持ちも考えずに」

「いいえ……ご厚意はありがたいと思っています」

「ただの厚意なんかじゃ――」

ハワルの言葉にオーリが強く反論しかけ、慌てたように言葉を飲み込む。

ただの厚意ではなく……兄の面影が恋しいのだ、とハワルは思った。

それがわかるからこそ、余計に辛いのだ。

「では」

いつまでも宿営地のはずれで言い合っているわけにはいかないと、頭を下げ、ハワルはくるりと向きを変えて自分の幕屋に向かって歩き出した。

背中に、自分を見送るオーリの視線を感じながら。


「ハワル」

明るい声がハワルを呼ぶ。

声変わり前の透明な声が、その時期ならではの不器用な優しさを含んでいる。

「ハワル、おいで、一緒に栗《くり》を食べよう」

「オーリ！」

ハワルはオーリに駆け寄る。

草原で、石を組んだ即席のいろりで火を焚《た》き、栗を煎《い》る。

いずれ遠くの放牧地へ出かけるようになれば、自分の食事をすべて自分で用意するようになるための練習でもある。

だがまだ幼いハワルにとっては、兄と兄の友人が自分を仲間に入れてくれる楽しい遊びでありおやつでしかない。

煎りたての香ばしい煎り栗を、兄とオーリは小刀で器用に剝《む》いていく。

オーリのほうが手が早いので、剝いた栗をハワルにくれるのはオーリのほうだ。

「僕も、自分で剝きたい」

ハワルが言うと、オーリは微笑む。

「どうかな、小刀が扱えるかな」

「まだ危ないかもしれない」

兄は少し不安げに言う。兄のほうが心配性なのだ。

「そうだな、じゃあ」

オーリがそう言ってひょいとハワルを抱っこし、自分の膝の間に座らせて、背後からすっぽりとハワルを抱え込むような格好になり、ハワルに小刀を握らせる。

そして、ハワルの右手に、自分の手を添える。

その頃でさえ、ハワルはオーリの手が、なんて大きく力強いのだろうと思ったものだ。

「いいか？　こっちの手で栗をこう持って、そうだ、そしてここに、刃のここを当てて、ちょっと押す。そうしたら切れ目が入るだろう？」

オーリが丁寧に教えてくれ、ハワルも真剣にそれを聞き、手を動かす。

力が足りない部分は、オーリの指が手伝ってくれる。

「剝けた！」

不格好ながらようやく剝けた栗を見て、ハワルは嬉しくてたまらない。

「よかったね、さあ、お食べ」

兄が微笑むが、ハワルは首を振る。

「これは、オーリにあげるの！」

今まで自分が食べる栗はオーリが剝いてくれたのだから、自分がはじめて剝いた栗はオーリにあげたいのだ。

くるりと振り向くと、オーリの顔はすぐそこにある。

鼻筋が通って、きりっとした眉をしていて、もう少し年がいったらふっくらした頰が削《そ》げて男らしい顔立ちになるのだろう。

だが、笑ったときの愛嬌は変わらないはずだ。

そして、笑みを作る唇。

「はい」

ハワルがその笑みの中に栗を押し込む。

「うまい」

頰に皺《しわ》のできる、オーリの笑顔がハワルは大好きだ。

「ハワルの剝いた栗はうまい。よし、もう一個剝いてみよう」

そう言ってオーリは次の栗を手に取り、ハワルをまた背後から抱え込む。

兄は微笑んで、オーリとハワルを見ている。

次の一緒に剝いた栗は、ハワルが自分で食べた。

そしてその次の栗はまたオーリの口に入れる。

オーリの唇がぱくんと開き、栗を引き入れる……ハワルの指も一緒に。

「だめ！　僕の指は食べちゃだめ！」

慌ててハワルは自分の指を引き抜く。

「ええ、旨《うま》そうなのに」

オーリが笑い、そして栗を自分の口の中で転がし、嚙み、飲み込む。

ハワルは、自分の指がオーリの唇に転がされ、舐《な》められているように感じ、次の瞬間かっと全身が熱くなるのを感じた。

鼓動が速まる。

オーリの唇に……オーリの頰に、オーリの手に、触れたい、触れられたい。

自分でもわけのわからない、そんな衝動が湧き上がり――


「あ」

ハワルは目を開けた。

そこはやはり、自分の幕屋の中だった。

まだ真夜中で、外は静まり返っている。

起き上がると、全身がしっとりと汗で湿っていて、そして下着も……濡れてべたついているのがわかる。

ハワルは今見た夢と併せて何が起こったのかを悟り、恥ずかしくて情けなくて消え入りたくなった。

昔の夢を見ることはよくある。

兄と、オーリと、自分の、三人での幸せな日々。

だが、あのなんでもない、他愛《たわい》のないやりとりが、今になって夢の中で、こんなふうに性的な反応を引き起こしてしまうなんて。

オーリと二人で出かけ、オーリを久しぶりに身近に感じてしまったせいだ。

そして、ハワルにはもうずっと前からわかっていた。

自分はオーリを、そういう意味で好きなのだと。

オーリと特別な関係になれたら、と思っていたのだと。

オーリには兄がいたのに。

そしてそのオーリはずっと兄を忘れられずにいて、だから新しい「馬を並べる関係」の友を作ることも、結婚することも考えられないのだろうに。

自分は……兄になりたかったのだ。

オーリの隣にいる、兄に。

兄に取って代わろうなどという野望を抱いていたわけではない。

ただただ、兄が羨《うらや》ましかっただけのことだ。

馬にも乗れない自分にはそれが似合いだ。

それなのに……兄がいない今、心の奥底では、自分が兄の代わりにオーリと馬を並べたいなどと思っている。

兄とオーリの関係を、子どもだったハワルはそれほど深く知っていたわけではない。

だが、互いを家族の誰よりも尊重する間柄、時には身体を重ねてすべてを分かち合う相手である「馬を並べる関係」だった二人には、当然身体の関係もあっただろう。

どういうふうに、とハワルは考えてしまう。

そんなことを考えてはだめだ、と思いながらも想像してしまう。

家畜の交尾が何よりも重要な草原の生活では、性は秘密でもなんでもなく、子どもも早くから男女の関係というものは理解している。

そして男同士の関係も、それに準じるということも。

だとしたら……オーリと兄の関係も、そういうものだったはずだ。

しなやかな美丈夫だがオーリよりは小柄で線の細い兄を、オーリはきっと、優しく抱いたのだろう。

だめだ、そんなことを考えるのは……亡き兄への冒瀆《ぼうとく》だ。

二人の関係に、自分などがたとえ想像でも立ち入ってはいけない。

オーリが、自分にあんなふうに親切にしてくれなければいいのに、とハワルは思う。

だからおそらく自分の心のどこかに、かすかな期待が生まれてしまうのだ。

オーリは兄を忘れられないから、弟の自分に親切にしてくれるだけなのに。

その証拠に、オーリは今でもハワルが「ホロルのように」馬に乗り、ともに駆けることを望んでいるように思える。

本来なら、草原の民の行く末のこと、東の国や、草原をまとめている若き族長などの話を、オーリは兄としたかったはずなのだ。

そして……兄が生きていて、オーリの傍らにいたならば、ハワルは自分の望みを前面に押し出すことなどせず、二人を見守り、二人にとっての弟分でいることで満足できただろう……心の中に小さな痛みは感じたかもしれないが。

だが、兄はいなくなってしまった。

「ふう……」

ハワルは自分のため息の中に涙が混じるのを感じ、胸が絞られるように痛くなった。

――オーリと馬を並べたい。

それが自分の、本当の望み。

それができないのに、オーリに憐れまれ、優しくされることが、辛い。

だとしたら、いっそ声もかけてくれないほうがいいくらいだ。

オーリがそうしてくれないなら……自分が、そうさせるべきなのだ。

夜の闇の中で、ハワルは静かにそう考えていた。


翌日、ハワルが注文を受けた刀の鞘に模様を彫っていると、足音が聞こえた。

誰の足音かはすぐにわかったが、ハワルは顔を上げずに作業を続ける。

「……ハワル」

躊躇いながら呼ぶ声に、はじめて気付いたようにハワルは顔を上げた。

オーリが立っている。

「何か？」

ハワルは、声に温度を込めずに尋ねた。

「いや……用があるわけではないのだが」

オーリが戸惑っているのがわかったが、ハワルはそっけなく言った。

「何か仕事の注文があるのならお受けします。そうでないのなら、今日はやることがたくさんあるので」

オーリの瞳に傷ついたようないろが浮かび、ハワルの胸もずきりと痛んだが、他にどうしようもない。

「ハワル、俺は……」

オーリは躊躇い、それから思い切ったように言った。

「俺はお前に、悪いことをしたか」

無言で手元に目を落としながら、ハワルの胸はざわざわとした。

「……お前に、無理強いするつもりはなかったのだ」

昨日馬に乗せようとしたことを言っているのだ。

ため息をつき、ハワルはオーリを見上げた。

草原の男の理想とも言える偉丈夫なのに、顔にはしゅんとした、親に叱《しか》られた子どものような表情を浮かべていて、それがオーリの魅力なのだと思う。

男らしく頭も切れるのに、どこか不器用な、憎めない、優しい男。

だがハワルは、固い決意でそんな想いを心の底に押し込み、眉を寄せて見せた。

「ええ、迷惑でした」

きっぱりと言う。

「あれでわかったでしょう、僕には無理なんです。今さらそのことを改めて思い知らされなくても、自分でよくわかっています」

「そんなつもりじゃ……」

オーリが何か言いかけたところへ、刀の鞘の注文主である一人の男がやってきた。

「おう、オーリ、こんなところでどうした」

「いや……」

オーリは慌てたように男のほうを向いた。

「お前もたいしたものだな」

男はオーリの肩をぽんぽんと叩く。

「近頃は会議でも、長老たちがお前の意見をよく聞くし、族長から特別の使いを頼まれたりして、すっかり頼もしくなった」

「いや……俺はまだまだ」

ハワルのほうをちらちら気にしながらも、オーリは年長の男にそう答える。

「いやいや、族長も、そろそろ本気でお前を養子にと考えているのじゃないか?」

ハワルははっとした。

かつては兄がそう望まれていた……族長の養子に。次の族長に。

だがそれは、ハワルの父と族長がいとこ同士だったからだ。

部族の中ではたいていの家族が縁戚関係にあるとはいえ、オーリの父と族長の関係は遠いはずなのに、そういう話が出ているのだろうか。

だとしたらそれは、族長がどれだけオーリに期待しているかの現れだ。

「とんでもない」

しかしオーリは、真面目な顔で首を振った。

「俺の家と族長の家に縁組みがあったのは、もう七代も前のことだ。もっと血が近い男が何人もいるのに、俺など選んでは争いのもとだ、そんな噂は流さないでくれ」

「いやいや」

男はさらに言い募る。

「族長の姪《めい》の誰かを嫁に迎えれば、文句は出るまいよ」

ぎくりとして作業の手が止まりそうになったのを、ハワルは慌てて堪《こら》えた。

「いや、俺はそんな」

「いつまでそうやって一人でいるつもりだ、とっくに子の一人や二人いてもいい年だというのに。ホロルがあんなことになったから引きずっているのはわかるが、馬を並べる男同士の関係はいずれは卒業す——」

「やめてくれ」

それまで適当にながそうとしていたオーリは、ホロルの名が出た瞬間、きっぱりと言った。

「その名前は、ここでは」

「お……ああ、そうか」

男も、さすがにオーリの声音に厳しいものが混じったことに気付いたのだろう、慌てて口調を変える。

「まあとにかく、結婚のことは考えるべきだな。俺に娘がいないのが残念だが、年頃の娘がいる男たちはみな、お前を狙いはじめているんだから、気の進まない縁談を薦められる前に自分で選んだ方がいいぞ」

軽い調子でそう言って、ハワルの側《そば》にしゃがみ込む。

「おお、いい感じに仕上がってきたな。今日中にできそうか？」

「ええ、昼前には渡せると思います」

ハワルは淡々と答えた。

「奥さんに、寝台の修理にはあさって行けそうだと伝えて下さい」

「わかった。お前にも、その器用さがあって本当によかったよ」

それは部族の男たちの本音だろう。

馬に乗れないハワルにも、かろうじて役に立てる何かがある、というのは……部族には役立たずの穀潰《ごくつぶ》しを飼っておく余裕はないのだから。

「出来上がったら幕屋に届けておきます」

ハワルの言葉に男は頷いて立ち上がると、「じゃあな」とオーリに頷いて離れていく。

そして……オーリは、その場に立っていた。

いつまで黙ってそこにいるつもりなのだろう、とハワルは落ち着かない。

オーリは部族の若い男の中でも、頭角を現している特別な男だ。

自分などに関わらないほうがいい。

さっさと立ちさって、族長の姪とでも誰とでも、結婚してしまえばいい。

半ば投げやりにそう考え、ハワルは顔を上げた。

「まだ何か？」

さぞかし自分は、愛想のない、不機嫌そうな顔に見えていることだろう……そうあってほしい、とハワルは思う。

オーリは唇を噛み……そして、どこか切なそうに眉を寄せた。

「ハワル、俺には……お前に何かしてやれることはないのか」

「ありません」

きっぱりとハワルは答える。

「いえ、そうですね……何かしてくれるつもりがあるのなら、どうぞ僕を放っておいて下さい」

二度と構わないで。

話しかけないで。

辛くなるだけだから……悟られてはいけない思いは、唇の裏側に押し込む。

オーリはそれでもまだ何か言おうとしたが、思いとどまったように見え……

「わかった」

ぽつりと、言った。

「悪かったな」

ため息とともにそう言うと、ハワルに背を向ける。

これでもう……オーリはハワルに構うことはなくなるだろう。

ゆっくりと立ち去るその背中を見つめながら、ハワルは、これでいい、これでいいのだ、と自分に言い聞かせていた。


それから、オーリがハワルの幕屋を訪ねてくることはなくなった。

ハワルとしては、ひとつだけ引っかかっていることがある。

オーリから受け取ってしまった斑毛の毛皮……それを、返す機会を失ったまま、手元に置いていることだ。

受け取る理由はないのだから返さねば、と思っていたのだが……日が経って今さら返すために、自分からオーリに会いに行くのも気が引ける。

そうこうしているうちに、男たちは武器の手入れをはじめ、ハワルの仕事も増えて忙しくなり、気がつくとある日、オーリの姿はエレルヘグとともに宿営地から消えていた。

また何か、族長の指示を受けてどこかに使いにいったのだろうという噂だ。

……いつもならそれでも、オーリはどこかへ遠出をする際には、ハワルのところに顔を出してから出かけていた。

黙って出かけたのは、ハワルの意を汲んでくれてのことなのだから、それでいいのだ、とハワルは自分に言い聞かせた。


「敵襲——！」

声が宿営地を貫いたのは、夕暮れ時だった。

すでに仕事を終えて夕食の支度をしていたハワルは、慌てて幕屋の外に飛び出した。

部族の男が一人、馬で宿営地を駆け巡り、声を限りに叫んでいる。

「東から敵だ！　女たちは逃げる準備をしろ！」

「迎え撃て！」

宿営地は騒然となった。

東の国境の向こうは馬が通れない石沙漠で、部族の領地はそのせいで守られていたはずなのに、敵はどうしてか、その石沙漠を越えてきたのだ。

こういうとき、女たちは即座に持てるだけの荷物を持って、それぞれに子どもや老人を馬やロバに乗せ、家畜を連れて反対の方角に避難するよう定められている。

国境の巡回に出かけていた男が、地平の彼方に上がる砂埃を敵と見定めて宿営地に知らせたので、実際に敵が来るまでには少し猶予があるはずだ。

ハワルも急いで、革の胴鎧をつけ、革帯に小刀を押し込み、剣を持った。

食料がいくらか入った革袋、水の入った竹筒と一緒に、ふと目についた例の斑毛の毛皮も、とっさに懐に押し込む。

それから、宿営地の中心の、父の幕屋へと走った。

母と、手伝いの、足の悪い女が一人いる。

母はすでに馬に鞍をつけ、手伝いの女のためにロバを引き出してきていた。

「ああハワル、これを」

母に言われ、ロバに荷物の袋をくくりつけ、手伝いの女をそのロバに乗せてやる。

「母さまも早く！」

母が馬に乗るのに手を貸し、周囲を見回した。

男たちはもう東側で迎撃の準備をしているし、女たちも宿営地を離れはじめていて、宿営地はもうもうとした砂埃に包まれている。

「うちの羊は？」

馬上の母に尋ねる。

「もうまとめてあるわ」

喧噪《けんそう》の中には羊の鳴き声も混じっており、宿営地にいた羊はすべてまとめられて、まだ戦に出るには若すぎる少年たちが、馬で追っているのだとわかる。

「では母さまたちも急いで」

そう言って母の馬の臀《しり》を叩こうとすると、母がハワルを見つめた。

「お前は……お前も、この馬で一緒に」

母の馬の後ろに乗って、一緒に逃げろと言っているのだ。

母にとっては今やたった一人の息子、馬に乗れない息子を、一緒に連れて行きたいと思っているのだ。

だがハワルは首を横に振った。

「僕はここで、戦わなくては」

騎馬でなくても、できることはあるはずだ。

女たちを少しでも遠くに逃がすために。

そうでなくてもこの季節、男たちの多くは遠方の放牧地に出かけていて、数が少なく手薄なのだ。

何かあった際にはハワルも女たちと一緒に逃げろと言われはしたが、それを真に受けるわけにはいかない。

「行ってください、さあ！」

躊躇うことなく馬の臀を叩くと、馬はさっと動き出す。

母の馬に縄で結ばれたロバも一緒に。

「ハワル、気をつけて……！」

振り向いて叫ぶ母に頷いてから、ハワルはさっと周囲を見回した。

支度が遅れている女たちを助けなくては。

若い女が、慌てて積んだのであろう荷物を馬から落としてしまい、また馬から下りようとしているのに気付いて駆け寄る。

「そのまま！　僕が拾う！」

荷物を拾い、急いで荷鞍にくくりつけてやる。

「ありがとう、ハワル」

「急いで！」

その馬を見送り、小さい子どもを何人も抱えた母親が、鞍の脇に垂らした革袋の中に赤ん坊を押し込むのを手伝い、他の女が逃げ回る数頭のロバを集めようとしているところに駆け寄って、ロバを捕まえて持ち主の馬に繋いでやったときには、もう東側では男たちの怒声が聞こえだしていた。

敵が側まで来たのだ。

ハワルは自分の剣を抜くと、走った。

宿営地の外れに飛び出し――ハワルは息を呑んだ。

敵が、恐ろしい数の敵が、押し寄せてきている。

こちらの手勢はせいぜい百、それに対し相手は五、六倍はいるのではないだろうか。

土埃の中を矢が飛び交い、ハワルの見ている前で、敵の先陣とこちらの男たちがぶつかった。

一人一人の騎馬の技術ではこちらが勝るとはいえ、圧倒的な数の差だ。

相手の武器は弓と槍《やり》。そして抜き身の剣を振り上げているものもいる。

草原の男一人を、相手が数十騎で囲んでいるように見える。

このままではあっという間に、敵は味方を突破して、女たちに襲いかかってしまう。

ハワルが戦いの中に飛び出そうとしたとき、女の悲鳴が聞こえた。

「誰か……誰か！」

はっとして横の方を見ると、逃げ遅れたらしい女が二人、地面に倒れていた。

味方が乱れて隙間ができた場所から、敵が数騎、女のほうに駆け寄る。

ハワルは女のほうに向かって走った。

まさに女たちに向かって敵が刀を振り下ろそうとした瞬間に、ハワルは敵の馬の足に切りつけた。

横になぎ払うように刀を振ると、重い手応えとともに馬がどうっと横倒しになる。

別な敵が女たちに向かい、ハワルはとっさに、敵の馬と女たちの間に割り込んだ。

突き出された槍を刀で受け止める。

「逃げろ！　早く！」

ハワルが叫ぶと、女たちは慌てて立ち上がり、手を繋いで走り出した。

追おうとする敵の、馬の脇腹をはさんだ足に、刀を突き刺す。

敵は馬から落ちた。

その瞬間、背後から敵の叫び声を聞き振り返ると、別な敵がハワルに向かって刀を振りかざしていた。

その切っ先をかいくぐり、相手の腹に向かって自分の刀を突き出すと――

がきっという音とともに、予想もしなかった衝撃で腕が痺《しび》れた。

刀の先が――折れている。

ハワルははっと、オーリから聞いたことを思いだした。

東の兵たちは、鉄の鎧をつけている。

刀を突き通すのは無理だ。

ではどうすれば？

ハワルは折れた刀を棄て、帯に差してあった小刀を抜いた。

こんなものでもないよりはましだ。

鉄の鎧を着た敵が再びハワルに向かって剣を振り下ろそうとするのを横に飛びすさってかわし、もう一度刀を構える一瞬の隙を見て相手の懐に飛び込むと、相手の脇腹の、鉄鎧のつなぎ目に小刀を突き通す。

相手が叫び、倒れ――ハワルは小刀を引き抜いた。

自分は生まれて初めて敵を、生きた人間を、己の手で傷つけたのだという思いがハワルの脳裏をかすめたが、すぐに複数の騎馬の敵に囲まれそんな思いは吹き飛ぶ。

この囲みから逃げられるだろうか。

それとも、このままやられるのか。

少なくとも、逃げ遅れた二人の女は逃がすことができたはずだ……別な敵に追いつかれていなければ。

左右から二人の敵兵がハワルに向かっていっせいに刀を振り上げ、もうだめか、と思ったとき。

「どけい！」

背後から声とともに、馬の足音がした。

――よく知っている、声が。

「ハワル！」

ハワルのすぐ横を駆け抜けざまに、手が伸ばされる。

ハワルは躊躇うことなくその手に掴まり……次の瞬間、馬の後ろに乗っていた。

馬は速度を落とすことなく、そのまま敵兵の間を駆け抜ける。

それは、オーリだった。

オーリとエレルヘグだった。

宿営地にいなかったはずのオーリがどうしてここにいるのだろう。

オーリはそのまま、逃げた女たちの後を追おうとしている敵兵めがけてエレルヘグを走らせ、後ろにハワルを乗せているとは思えない速度で、その敵兵の一隊に追いつき、叫んだ。

「待て！　女たちを追うな！　話が違う！」

……え？

ハワルは耳を疑った。

今のは、東の国の言葉だ。

話が違うとは、どういう意味だろう……？

オーリはそのままその一隊の前に回り込む。

「止まれ！」

オーリが敵の進路を塞ぎながら叫ぶと、一隊はぎくしゃくと止まった。

数十騎が、ハワルとオーリを乗せたエレルヘグを囲む。

敵は全員が鉄鎧を着ているわけではなく、草原のものとは少しかたちの違う革鎧だったり、竹を繋げたような変わった鎧だったりさまざまだが、全員が首に赤い布を巻き付けていることにハワルは気付いた。

同士討ちをしないためのしるしのようなものだろうか。

鉄鎧の上から綾織りの肩布をかけた、その中では一番地位が高い、隊長と思われる敵兵が一歩進み出る。

「なぜ邪魔をする」

「約束が違うではないか、どうして今、この宿営地を襲った！」

「……ああ」

隊長はオーリをじろじろと見る。

「お前か。ここはお前の部族か」

「そうだ」

「それは聞いていなかった。何か手違いがあったのだろう」

隊長はそう言って、部下たちを振り返る。

「兵を止めろ、逃げた者たちは追うな」

そう命じてから、またオーリを見た。

「だが、もう捕まえてしまったものはどうしようもない、殺した家畜もな。それからその、お前の後ろに乗っている男も、陣まで来てもらう」

オーリの肩がぴくりと動いた。

「……仕方あるまい」

「オーリ、ねえ、オーリ！」

ハワルは我慢できなくなって、オーリの背中に尋ねた。

「どういう意味なんです？　あなたは、この……この敵たちと……」

通じていたのか、とはさすがに尋けない。

だが、今の会話の意味がわからない。

「ハワル」

オーリが馬上で振り向いた。

「今は、抵抗するな、一緒に来てくれ。お前に危害は加えさせない」

眉を寄せた、どこか苦悩を浮かべた表情。

その瞬間。ハワルは気付いた。

オーリの首に、埃にまみれてはいるが、赤い布が巻かれている。

敵兵が巻いているのと同じものが。

どういうことなのか。

混乱しているハワルをよそに、オーリはエレルヘグの腹に蹴りを入れ、敵兵に混じって馬

を進めだした。

国境の方角へ。

ハワルは呆然《ぼうぜん》と、そのオーリの背中を見つめていた。

国境を越え、敵の陣地に着いたのは、日が暮れてかなり経ったころだった。

草原の端、沙漠がはじまるあたりで、月のない夜だったが陣地はあかあかとたいまつに照らされている。

兵たちはそれぞれに焚火を囲み、中央にいくつかの幕屋が建っていた。

とはいっても、草原の幕屋とはまるで違う。

草原の幕屋は組み立て式で、そこで普段の生活を営むように工夫されたしっかりしたものだが、敵の幕屋は棒を立てて布を被せただけに見える急ごしらえのもの。

東の国では、幕屋は戦や旅先での、仮寝に使う程度のものでしかないのだろうか。

ハワルの部族を襲った部隊はここに宿営している部隊の一部にすぎなかったらしく、そこここですでに兵たちが焚火を囲み、横になったりもしている。

いったいどれだけの大部隊なのだろう。千はいるのではないだろうか。

エレルヘグを囲む一隊はあちこちの焚火に向かって散っていき、ひとつの幕屋の前で止まったときには、ほんの数騎になっていた。

隊長がオーリを見る。

「ここで降りろ。お前は自分の幕屋に戻るがいい。その男は他の捕虜と一緒にする」

「待ってくれ」

オーリが言いかけたが、敵兵は構わずオーリの後ろに乗ったハワルの腕を引っ張り、馬から引きずり落とそうとする。

「触るな！」

ハワルが抵抗しかけると、周囲を囲んでいた敵兵たちが、さっと弓や刀を構えた。

「抵抗するな」

オーリが小声で言った。

ハワルも、無闇に抵抗してここで命を落としてもなんにもならないと思い、しぶしぶ馬から下りる。

二人の敵兵が両側からハワルの腕を摑み、その場から連れ去ろうとした。

「オーリ」

思わず馬上のオーリを見上げたが、オーリはハワルとは目を合わせずに、反対方向にエルヘグの首を向ける。

どういうことなのだ。

いったいどうしてオーリは、敵兵のただ中で、自分とは違う扱いを受けているのか。

わけがわからぬままにハワルは半ば引きずられるように、幕屋の背後に設けられた、柵に囲まれた場所に連れて行かれた。

羊を囲い込むような柵の中に、数十人の人々……草原の男たちがいる。

兵たちはハワルを柵の中に放り込んだ。

柵はそれほど高くはないが、外側は敵兵の焚火に囲まれており、逃げ出せるとはとても思えない。

ハワルが周囲を見回すと、柵の中にいた男たちがハワルに近寄ってくる。

見覚えのある顔はない。

ハワルの部族の男たちではないらしい。

そして皆、疲れ、汚れた顔に、静かな憤りを浮かべている。

「怪我はしてないか」

白い髭《ひげ》を生やした一人の男がハワルに尋ねた。

「していません、大丈夫です。あなた方は……？」

「ここにいるのは、この一週間ばかりのうちに襲われて捕まった草原の民だ。女たちは別な場所に連れて行かれたらしく、ここは男ばかりだ」

改めて見回すと、怪我をして額や腕に布を巻いている男もかなりいる。

「あいつら、数を頼みに国境近くの放牧地を見境なく襲いはじめている。俺の所は羊を全部やられ、三人の男が捕まった」

「俺なんか、一人で小さい羊の群れを移動させている最中に襲われたんだ」

口々に、怒りを交えて男たちは語り、ハワルの話も聞きたがる。

「宿営地を……本拠地を襲われたんです」

ハワルは言った。

「女たちを逃がして……応戦して……」

「大きい宿営地もか」

男たちが憤りの声をあげる。

「やっぱり、あの裏切り者のせいだ」

一人が鋭い声をあげ、ハワルははっとした。

男たちが頷き合い、一人がハワルに説明する。

「草原の男のくせに、敵と通じている男がいる。そいつが石沙漠の間の、馬が通れる道を教えたらしい」

別な男も憤慨して顔を真っ赤にして頷いた。

「そうだ。首に、やつらと同じ赤い布を巻いた男だ、お前は見なかったか」

オーリのことだ、とハワルにはわかった。

首に赤い布を巻いた草原の男。

では、オーリが裏切り者だというのだろうか……？

まさか、いくらなんでも信じられない。

さすがに自分の部族の知っている男だとは言えず、ハワルはなんとか首を横に振った。

「僕は……見ませんでしたが、本当なんですか、裏切り者だなんて」

「やつらと一緒に行動し、奴らの間を自由に動き回っているのが何よりの証拠だ」

一人の男が語気荒く言い、他の男たちも頷く。

「そうだ、あいつが、石沙漠を越える道や、俺たちの放牧地の場所の情報を、相手方に流しているに違いない」

「だから最近、やつらは北上して今まで無事だった部族を襲うようになったんだ」

「あの裏切り者、許すものか」

ハワルはその言葉を聞きながら、それでもまだ本当なのだろうか、という思いが拭えずにいた。

オーリが……あのオーリが……草原の民がひとつにまとまるべきだというハワルの言葉に賛成してくれ、もっと高い場所から草原全体のことを考えているように見えた、あのオーリが。

よりによって、自分の部族とその周辺の、これまで東の国の攻撃からは守られていた地域を攻める方法を、東の国に教えたというのか。

「じゃあいったい……僕たちは、どうなるんでしょう……」

ハワルは草原の民全体のことを言ったつもりだったのだが、

「俺たちは、ある程度数がまとまると、東の国の石切場とやらに連れて行かれるらしい」

一人の男が暗い声で言った。

「そこでは、鎖に繋がれて、死ぬまで働かされるのだと……どうやら近頃は、殺されるよりもそうやって捕虜になった男が多く、捕虜はみな、そういう目に遭うのだそうだ」

「そんな目に遭うくらいならいっそ、戦いで死んだほうがましだったかもしれない」

別な男が口惜しそうに声を詰まらせる。

「ただここで嘆いていても仕方がない」

この場をまとめているらしい、最初に話しかけてきた白い髭の男が言った。

「とにかく今は休んで体力を温存するんだ」

男たちはため息をつき、柵の中のそこここに散らばっていく。

「お前さん、食べ物は持っているのか？」

白い髭の男が尋ね、ハワルは懐に手を入れた。

固く焼いた少量のパンと、水の入った竹筒はかろうじて無事だった。

そしてとっさに持ち出した、あの毛皮も。

「少しですが……皆さんにおわけできるほどは」

「ああ、そうじゃない」

白い髭の男は首を振った。

「やつらも、俺たちを飢え死にさせるつもりはないようで、朝になれば米を炊いたものが配られる。自分の食べ物はなるべく取っておけ」

男の忠告に、ハワルは頷いた。

「休めるときに休んでおくんだ」

そう言って男は、その場にごろりと横になる。

ハワルもそれに倣《なら》い、わずかに草が生えた土の上に横になった。

草原の男は、野宿には慣れている。一晩や二晩こうして地べたに寝ても平気だ。

男たちは寝息をたてはじめ、敵兵も次第に静かになっていったが、ハワルは眠るどころではなかった。

オーリが。

あのオーリが裏切り者だなんて。

だが、腑《ふ》に落ちないことはたくさんある。

族長の使いでどこかに出かけていたはずのオーリが、どうして、宿営地が襲われたときにあの場にいたのか。

話が違う、というのはどういう意味なのか。

敵の隊長もオーリを知っているふうだったし、敵兵と同じ赤い布を首に巻いていた。

そして、ハワルには「危害を加えさせない」というのは……敵に対して、何かの発言権を持っているからではないのか。

どれもこれも、本当にオーリが裏切り者だというのなら合点がいくことばかりだ。

だが、そんなことをしてオーリになんの益があるというのだろう？

草原の民を裏切り、家畜を殺させ、男たちを捕虜にして石切場とやらで働かせたり、女たちを慰み者にさせたりして、オーリになんの得があるというのだろう？

そもそも、ハワルが知っていたオーリは、狡猾《こうかつ》さや策略とは無縁の男だった。

むしろ、不器用とも言えるくらい真っ直ぐな男だった。

だが……

自分が知っていたオーリは、本当に、オーリのすべてだったのだろうか。

そう考えるとハワルには自信がない。

ハワルが知っていたのは、兄の親友で、優しくておおらかで、馬を操ることが巧みで、兄の死後もハワルを気にかけてくれた男……それだけだ。

大人になってからは、ハワルのほうがオーリの親切を受け止められなかったこともあって、深い話などほとんどしていない。

あの、岩山に行った時を除いては。

もしかするとあのとき……もしハワルが馬に乗れていれば、オーリとともに何か行動を起こせる可能性があったなら、何かそういう話もするつもりだったのだろうか。

いや、まさか。

オーリはそこまで自分を信頼しているわけではないだろう。

ハワルは、そう苦く思った。

ではこれが兄だったら？

兄が生きていれば、オーリは兄にどんな考えを話し、どんな行動を取ったのだろう。

それはハワルには見当もつかない。

所詮自分は、兄ではないのだから。

オーリが本当の自分を見せるほど近しい相手ではないのだから。

だが……自分が見ていたオーリが本当のオーリではないのなら、ハワルが特別な気持ちを抱いた、ひそかに想う相手であるオーリは、どこにも存在しないということなのだろうか。

そんなはずはない。

そうは思いたくない。

オーリには何か考えがあるのだ、オーリを信じたい。

そう思いながらも、オーリを信じ切れる理由が見つからず、ハワルはただ悶々《もんもん》と夜が明けるのを待ち続けた。

翌日、囲いの外側に東の兵が数人やってきた。

食べ物が入っている鍋や袋を、囲いの内側にどさりと置き、近寄っていった男たちを見回した。

「ハワルというのはどれだ」

男たちが怪訝そうに顔を見合わせ、輪の一番外側にいたハワルははっとして一歩踏み出した。

「……僕です」

何が起きるのだろうと不安に思いながらも答える。

東の兵たちはハワルを頭からつま先までじろじろと眺め、互いに頷き合った。

「なるほど、細っこいが使えないほどひ弱ではないようだし、若いし、大丈夫だろう」

そう言ってハワルを手招いたので、おそるおそる柵に近付くと、兵が尋ねた。

「お前、草原の民のくせに馬に乗れないというのは本当か」

ぎょっとしてハワルは固まった。

「……馬に乗れない？」

「どういうことだ？　馬に乗れないだと？」

背後で草原の男たちが囁《ささや》き合うのが聞こえる。

ハワルは屈辱に唇を噛み締めた。

東の兵たちだけでなく、囚《とら》われている草原の男たちにも知られてしまった。

どうして東の兵たちはそれを知っているのか……考えられることはひとつしかない、オーリだ。

オーリが、馬に乗れない男がいると、彼らに伝えたのだ。

だがいったいどうして……？

「本当のようだな」

兵たちは顔を見合わせ、にやにやと笑った。

「馬に乗るのだけが取り柄の連中だと思っていたのに、本当に馬に乗れない男がいるとは」

一人の兵が嘲るようにそう言ってから、ハワルに向き直る。

「これから、お前が食事を取りに行ったり、上からの命令を仲間に伝えたりするんだ。それと、お前たちの馬の世話もやれ。草原の馬は気が荒くて面倒だ。馬に乗れなくても、世話ぐらいはできるんだろう？」

つまり、柵から出て雑用をする役目に選ばれたということなのか。

馬に乗れないから……逃げ出す恐れがないから、ということなのだろうか。

「これを首に巻け」

一人の兵が黄色い布を差し出した。

「これを巻いていれば、陣地の中なら咎《とが》められずに歩けるが、好き放題していいということではないからな」

おかしな動きをすれば殺される、ということなのだろう。

ハワルはのろのろと手を出し、布を受け取った。

柵から出て雑用をする自分は黄色で……オーリは敵兵たちと同じ、赤。

やはりオーリの立場は何か、特別なものなのだ。

「飯を食ったら、あそこに見える幕屋に鍋を戻せ。そこで、馬の世話の指示を受けろ」

そう言って兵たちは去っていく。

ハワルがゆっくりと振り向くと、草原の男たちは遠巻きにハワルを見ていた。

やがて一人が躊躇いながら尋ねる。

「お前……馬に乗れないというのは本当なのか、身体はどこも悪くなさそうだが」

ハワルは俯いたが、下手に隠すよりは最初に言ってしまったほうがいい、と決意した。

「子どものころ、とても怖い思いをして以来、乗れないんです」

男たちは顔を見合わせる。

「では、何をして生きているのだ」

別な男が尋ねる。

「……木工や革細工、幕屋や家具の修理などをしています」

淡々とハワルは答えた。

疑わしそうな、気まずそうな沈黙が広がり、ハワルが拳を握り締めると……

「まあ、そういうこともあるだろう」

穏やかな声を出したのは、昨夜ハワルに声をかけてくれた白い髭の男だった。

「病気や怪我で馬に乗れなくなる男もいる。この若者は、心に怪我をしたのだ。それでも手に職をつけ、部族の役に立っているのだから立派なものだ」

ハワルは驚いて白い髭の男を見つめた。

心に怪我をした……そんなことを言ってくれた人ははじめてだ。

自分でもそんな考え方をしたことはなかった。

そう思うことができたら……心が少し、軽くなるような気がする。

「まあ、そういうことか」

「気の毒なことだが、仕方のないことかもしれん」

男たちが言い合い……

「さあ、とにかく飯にしよう。食べ慣れない飯でも、ないよりははるかにましだ」

白い髭の男がそう言って、男たちもそれぞれに懐から自分の椀を取り出し、鍋の周りを囲む。

ハワルは白い髭の男に近寄った。

「あの……ありがとう、ございます」

ハワルが頭を下げると、男はうんうんと頷く。

「ハワルと言ったな、お前さんもいろいろ辛い思いをしただろうが、ここでは全員が馬を取り上げられて手も足も出ない、囚われの仲間だ。雑用も楽ではないだろうが、よろしく頼む。馬の世話というのも、草原の民のものを奪ったものだろう、よく世話をしてやってくれ」

穏やかで落ち着いた言葉に、ハワルの胸がじんと熱くなる。

「はい……あの、あなたのお名前は」

「ガザル」

ガザル……土地。

しっかりとした、すべてのものが根ざす大地のような、包容力のある男にぴったりの名前だ。

きっとどこかの部族の、高い地位にある男に違いない。

こういう人が捕虜たちの中にいて、捕虜たちをまとめてくれているのは、自分たちにとって幸運なことだ、とハワルは思った。


草原の民から奪ったらしい馬は、一カ所にまとめられていた。

二十頭以上いるだろうか。

東の民が乗っている、大柄だが細身の馬とは違い、小柄だががっしりしている。

気も荒く、草原の民でなければ扱えない。

東の兵たちも、戦利品にはしたものの手に負えないと思い、ハワルに世話をさせることにしたのだろう。

ハワルが口笛を吹くと、馬たちはぴくりと耳を動かし、近寄ってきた。

「お前たちも大変だったたね、誰も怪我をしていない？」

ハワルは優しく声をかけながら、一頭一頭を確認して回った。

馬たちも、ハワルが草原の民であることはわかるのだろう、鼻面を擦《こす》りつけてきたり、物欲しげに前足で地面を掻いたりしている。

井戸の場所を聞いて水を汲み、餌をやり、藁《わら》で馬の身体を擦ってやったり蹄《ひづめ》の裏をきれいにしてやったりして、ふと気付くと、馬が入っている囲いの外に数人の兵たちがいて、自分の作業を見ていた。

ばらばらの粗末な衣服を着て、手足もむき出しのままかろうじて竹の鎧をつけているだけの、居丈高な兵たちとは違う、どこか素朴な感じの男たちだ。

目が合うと、一人の若い男が声をかけてきた。

「さすが、草原の人は扱いがうまいなあ。その黒い馬、俺を蹴ろうとしたんだよ」

東の民の年齢はわかりにくいが、ハワルより年下という感じがする。

その若者が指さした馬を見ると、馬は悪気のない顔で首を傾《かし》げていた。

それほど気の荒い馬ではない。

「もしかして、後ろからいきなり近寄った？」

ハワルが尋ねると若者は頷いた。

「そう、それ、だめなんだってね」

ごくごく基本的な馬の扱いすら知らないのか、とハワルは驚いた。

「だって、俺は徴兵されるまで馬なんて触ったことなかったもん」

若者がそう言ったとき、背後を槍を持った兵が通りかかった。

「お前たち、そんなところで何をしている！　上官の武器は磨いたのか！」

「うわ！」

「今やっています！」

若者たちは慌ててそう言って柵を離れて駆け出す。

「お前も、さぼるんじゃないぞ！」

兵がハワルにも険しい目を向けたので、ハワルは目を伏せ、馬の世話に戻った。


それから数日、陣地の中は落ち着いていた。

一度、陣地にいる兵の半数ばかりが出かけていき、二日後に草原の男たちを三人ほどと馬を数頭連れて戻ったので、またどこかの放牧地を襲ってきたのだとわかる。

奪った羊などは、そのまま陣地の食料にしてしまっているようだ。

増えた馬の世話をしながらも、ハワルは、通りかかる敵の若者たちと何度か言葉を交わすことができた。

若者たちは、馬を与えられていない「歩兵」らしい。

地位の高い兵は馬に乗るが、その他の大勢の兵は、荷物を担ぎ武器を持って、長い長い距離を歩いて遠征に出てきたのだ。

言葉を交わしてみると、ごくごく普通の、素朴な若者たちだ。

普段は畑を耕していて、牛は扱うが馬は触ったことがない兵が大半らしい。

馬に乗っているのは、専門の兵士で、戦がないときには訓練をしたりして給料を貰っているのだという。

草原の民とはなんという違いだろう。

草原ではすべての男が、普段は放牧を担い、戦になれば戦う。

東の国では専門の兵士がいて、普段は武器など触ったこともない民が、戦になると駆り出される。

それも、「この村からは何人」と割り振られるらしい。

そういう兵たちだからか、ハワルたち草原の民に対しても「敵」というよりは「珍しい、別な国の民」という感じで興味津々ということなのだろう。

その日も、通りすがりの若者の一人と言葉を交わしていると、通りかかった別な歩兵が、ハワルを見てはっとして、柵に近寄ってきた。

「あなた、もしかして。あの、私を覚えていますか」

「え」

ハワルは、歩兵の顔を見て、どこかで見たような顔だと感じ……そして、はっと思い出した。

「あの、息子さんが迷子になった」

国境を越えて泣いていた子ども、ミンを、ハワルが保護したときの、父親だ。

「そうそう、あのとき助けていただいた……本当にありがとうございました」

ミンの父は丁寧に頭を下げる。

その仕草はとても兵士には見えず、寸法の合わない竹鎧の下に着ている木綿の服は、あの日に着ていたものと同じように見える。

「あなたのような人まで、兵士に……？」

ミンの父は頷いた。

「今頃、妻や子どもたちがどうしているか気にかかっているのですが……どうしようもありませんし」

東の国というのはいったい、どうなっているのだろう。

戦には無縁の民を無理矢理引っ張り出して、戦わせる。

それも、自分の領土を守るためではなく、ただ自分の領土を広げるために。

草原の民同士が、食べるために放牧地を奪い合うのとは違う、何か全く別な理屈で、東の国は動いている。

一人一人の兵とは、普通に会話をしてわかり合えるのに、東の「国」というものはハワルには何か、理解ができない、得体の知れないもの、という感じがする。

「何か、お困りのことはありませんか？　私にできることがあれば」

ミンの父がそう尋ねたので、ハワルは我に返った。

「いいえ、今のところ……」

そう言いかけ、ふと、気にかかっていたことが脳裏に浮かんだ。

「あの」

柵に近寄って小声で尋ねる。

「草原の男で、あなたがたと同じ赤い首布をつけている男がいるのですが、ご存知ですか」

馬の世話を命じられてから数度、かなり離れたところをオーリが通るのを見ている。

だがオーリは決してハワルのほうに近寄ってこないし、こちらを見もしない。

馬に乗っていることも、歩いていることもあるが、たいていあの、宿営地を襲った兵の隊長らしき男と一緒にいる。

どう見ても、敵兵の一員だ。

だがハワルにはどうしてもそれが信じ切れない。

ここでのオーリの立場が、知りたい。

「草原の男で……？」

ミンの父は首を傾げる。

「顔立ちが少し違う兵たちもいますが、私たちの国は広くて、さまざまなところから兵が集められているので、どこの民かよくわからないのです。あなたと私は言葉が通じますが、南の方から来た兵の中には、言葉がよく通じない兵もいるくらいですし」

同じ東の国の民でも、顔立ちも違えば言葉も通じないものがいる。

いったい東の国とは、どれだけ広いのだろう。

そういう中では、オーリなど特に目立ちもしないのだろうか。

「そういう人がいないか、気をつけておきますね」

ミンの父はそう言ってから左右を見回し、さらに柵に近付いた。

「それと、近々、陣が動くようです。何かわかったら知らせに来ます」

陣が動く。

ハワルたちもどこかに移動させられるということだろうか。

そういう動きが事前にわかるのはありがたいことだが、それを洩らしても大丈夫なのだろうか。

「ありがたいですが、無理はしないでくださいね、あなたが……罰せられるようなことは」

「大丈夫です」

ミンの父は頷き、さっと柵の側を離れていった。


翌日の夜、ミンの父が、捕虜の入っている柵の側にやってきた。

オーリのことが何かわかったのだろうか、とハワルが急いで近寄ると……

ミンの父はさっと左右を見回し、早口で言った。

「あさって、軍が東に移動するそうです。あなたがたも全員連れて行かれます」

「え」

ハワルは絶句した。

ずっと、この陣地がこのまま存在するわけではないと思っていたが……いよいよ移動がはじまり、自分たちも連れて行かれる、というのか。

ミンの父は続ける。

「全員、縄で繋がれ、歩かされると聞きました」

繋がれ……歩かされる。

どれだけの距離を、そんな屈辱的な状態で歩かなければならないのだろう。と、ミンの父が柵の中に視線をやった。

ハワルもつられて振り向くと、ガザルが少し離れたところでこちらの様子を気にしているように見える。

――ガザルにも知っておいて貰ったほうがいい。

ハワルはとっさに判断し、ガザルを手招いた。

ガザルが近寄ってくる。

「ガザル……この人は、知り合いなんです。あさって、僕たちは東に連れて行かれるのだそうです、全員縄で繋がれて歩かされると」

急いでハワルが言うと、ガザルは眉を寄せた。

「くそ、やつら、俺たちをそんなふうに扱うのか」

少し考え、そしてハワルと柵の外の男を半々に見る。

「この男は味方なのか。頼み事をできるか」

ハワルは、ミンの父に負担を強いるようなことはできない、情報をくれただけでじゅうぶんだと思ったのだが、男は頷いた。

「私にできることなら。この方は息子を助けてくれたのです。私はユイといいます」

ミンの父はそう名乗った。

迷子を保護しただけのことにそうまで言ってくれるのは申し訳ないような気がするのだが、ミンの父……ユイにしてみると、出会った相手が悪ければ、敵国に迷い込んだ息子共々殺されていたかもしれないという思いがあるのだろう。

ガザルが小声で言った。

「目立たない、靴の中にでも隠せるような小刀が一本あればいいのだが」

柵の中にいる草原の男たちは、刃物はすべて取り上げられてしまっているのだ。

ガザルの言葉に、ユイは少し考える。

「私たちも、支給された武器以外は持っていないのですが……略奪品の管理をしている兵に、何か記念品が欲しいと頼めば……でも、引き替えになるものが必要かもしれません」

賄賂のようなものか。

「俺たちには何もないな」

眉を寄せてガザルが呟く。

何か……何かあれば、と考えを巡らせたハワルははっと気付いて、懐に手を入れた。

毛皮の感触。

オーリに貰った、珍しい斑《まだら》の、兎の毛皮。

「これは、これは使えませんか」

懐から引っ張り出して見せると、ユイは目を丸くする。

「これは、美しい毛皮です。こういうものは東の都会では高く売れるはずです。これを使っていいのですか」

これをオーリに返さずにここまで持ってきてしまったのは、こういうときに役立てるためだったのだ、とハワルは思うことにした。

そのオーリが今どこにいて、何を考えているのかはわからないままだが。

「はい、お願いします」

ユイは頷き、毛皮を自分の懐に入れる。

「待っていてください、明日には、たぶん」

そう言って、早足でその場を離れていく。

「……おかしな場所に知り合いがいるのだな」

ガザルが呟いたので、ハワルは、何か疑われてでもいるのだろうかとガザルを見た。

しかしガザルは、ハワルを見てにっと片頬を上げてみせる。

「小刀一本あれば、縄を切って逃げる機会もあると思う。お前のような男が俺たちの中にいてくれてよかった」

そう思ってくれるのなら嬉しい。

そして、「お前のような男」という言葉も。

馬に乗れない、「心に怪我をした」自分を、ガザルは同じ草原の男として扱ってくれている気がして、ハワルは胸が熱くなるのを感じた。

翌日の昼、馬の世話をしているハワルのところにユイが来て、草原のものとわかる小刀を渡してくれ……ハワルはそれを持ち帰り、ガザルに渡した。

夜になって、地位の高そうな指揮官らしい敵兵が、部下を従えて現れた。

「全員、こちらへ集まれ！」

いよいよ、明日移動させられることが男たちにはもうわかっていたので、動揺することなくゆっくりと柵に近付くと、敵の指揮官は男たちを見回した。

「この中で、ハワルとかいうのはどれだ」

ハワルはさっと緊張した。

明日の移動の話をしに来たのではないのか。

何が起きるのだろう。

男たちはあえてハワルに視線を向けることもせず黙っていたが、ハワルは自分から前に進み出た。

「僕です」

「お前か……なるほど」

指揮官はハワルをじろじろと見ると、

「連れてこい」

周囲の兵にそう命じて歩き出す。

「来い！」

兵たちに槍を突きつけられ、ハワルは慌てて柵の外に出た。

振り向くと、ガザルをはじめ草原の男たちが不安そうにハワルを見ているので、なんとか一度頷き、兵たちに囲まれて歩き出す。

連行されたのは、ひとつの幕屋だった。

突き飛ばされるように幕屋に入り、背後で布が閉じられる。

草原の幕屋とは違う、細い柱に丈夫な布を掛け渡しただけの簡素なもので、下は地面のままで絨毯すら敷かれていないが、地位の高い指揮官の専用幕屋らしく、寝台や床几《しょうぎ》などが置かれている。

そこに、先ほどの指揮官と、他に二人の男がいた。

指揮官はそれでも軍人らしい体格をしている酷薄そうな男だが、他の二人のうちの一人は太っているし、もう一人は猫背の小柄な男で、小ずるそうな感じだ。

「どうだ」

真ん中に立たされたハワルに向かって指揮官が顎《あご》をしゃくると、猫背の男が目を細め、ハワルの全身に視線を這《は》わせる。

どこかねっとりとした、値踏みするような視線に、ハワルは思わず身を震わせた。

「顔はまあまあ、草原の男としては珍しい美形と言っていいかもしれませんな」

「言葉も、ある程度わかるようだしな」

「国境が接しているあたりの者は、その辺は便利です」

そんなことを言って頷き合っている。

そして、太った男がにやりと笑って言った。

「だが、服を着ていては何もわからん」

その言葉の意味をハワルが理解する前に、指揮官が幕屋の外に向かって声をかけた。

「三人、入れ」

さっと幕屋の入り口が開いて三人の兵士が入ってくる。

「脱がせろ、全部だ」

命令とともに、兵たちがハワルの身体を押さえつけた。

「何をするんだ！」

ハワルは驚いて抵抗しようとしたが、屈強な兵三人がかりの力には敵《かな》わず、何がなんだかわからずにいる間に、着ているものを乱暴にはぎ取られる。

下帯一枚になったところで、

「これもですか」

兵が尋ねると、太った男がにやにやして頷く。

「もちろん、一番大事なところだ」

「やめろ！」

ハワルは叫んだが、容赦なく下帯もむしり取られ、ようやく兵たちの手から逃れたときには、ハワルは全裸にさせられていた。

草原の生活で、男たちは一緒に水浴びなどをするから、同性に身体を見られることに禁忌があるわけではないが、ハワルは馬に乗れないことで部族の男たちとは距離を置いていたから、あまりそういう経験がない。

しかし、そういう羞恥《しゅうち》以上にハワルの身を震わせたのは、屈辱感だった。

同時に、誇りが頭をもたげる。

股間《こかん》を手で隠そうとしたりしたら、却《かえ》って動揺していると侮《あなど》られるような気がしたのだ。

ハワルは、こんなことはなんでもないという表情を必死に繕い、背筋を伸ばして両腕を脇に垂らし、すっくとその場に立った。

「ほう」

男たちは感心したようにハワルの身体を眺める。

「なるほど、細いとはいえ、みすぼらしくないいい身体だ」

「肌も思ったよりずっと滑《なめ》らかだな」

「大事なところが可愛らしいのも好都合」

下卑た笑いとともに足の付け根に視線を注がれ、ハワルは唇を噛む。

自分の身体を値踏みして、この男たちは何をしようというのだろう。

「しかし、大事なのは後ろですぞ」

猫背の男がそう言うと、指揮官が兵たちに顎をしゃくり、ハワルは後ろ向きにさせられる。

背中から臀にかけて、視線を感じずにはいられない。

「なるほど、きれいな背中だ」

「無粋な鞍だこもない」

「馬に乗れない草原の男というのにも、そんな長所があったか」

くっくっと男たちは笑い合う。

「さて、肝心の道具のほうは……？」

指揮官が兵に声をかけると、兵たちはハワルの肩を押さえつけ、同時に膝の後ろを蹴った。

「あ……！」

思わずハワルは頽《くずお》れ、膝と両手を地面につく。

一人の兵の手が、ぐっとハワルの双丘を左右に割り広げた。

「ほう、ほう、なるほど」

「使い込まれているという感じではなさそうだな」

男たちが……後ろを、水浴びの際にだって誰かに見せたりしないような場所を、見ているのだ。

ハワルはようやく、自分の身体がどういう意味で点検されているのかに気付いた。

男同士で身体を重ねるときに使う場所を……つまり、あからさまに性の道具として見られているのだ。

頭から血の気が引いていくように感じる。

「これなら、王に献上してみる値打ちはありそうだ」

「王が気に入れば、叙爵《じょしゃく》くらいの見返りはありそうな」

「しかしこの腰の細さでは、どれくらい耐えられますかな」

「気に入ったものほど、短い間にいたぶるだけいたぶって、あっという間に使い物にならなくなるからな」

「この間も寵姫《ちょうき》が一人、ぼろぼろになって城門の外に棄《す》てられておりましたな」

男たちの会話は、ところどころ言葉の意味がわからない。

叙爵とか寵姫とか、ハワルが知らない単語がいくつかあるが……それでも、自分が彼らの王とやらに、慰み者として差し出されるらしいということくらいはわかる。

そしてそれが、「身体がぼろぼろにされる」ほどの過酷な扱いであろうことも。

冗談ではない。

「放せ……！」

ハワルは叫び、もがいた。

「放さないと、この場で舌を噛んで死んでやる！」

「やれるものならやってみろ」

指揮官の冷たい言葉とともに、一人の兵がハワルの顎を摑んで無理矢理開かせ、手慣れた手つきで丸めた布を押し込んだ。

「……っ……！」

舌を噛むどころか、声をあげることもできなくなる。

「さて」

猫背の男が立ちあがる気配がした。

「これを……試してみることはできますかな」

「意外な不具合があっては困るからな、点検は必要だろう」

「お前たち、押さえていろよ」

ハワルの身体を押さえつける兵たちの手に力が籠もり――突然、後ろから脚の間に手が差し込まれ、怯えたハワルの性器がぎゅっと握られた。

「——！」

驚愕と痛みに、ハワルの身体が引き攣《つ》る。

この場で、この男たちに乱暴されるのか……！

ハワルがきつく目を閉じた、そのとき。

「失礼する」

幕屋の外から声がした。

落ち着いた、低くよく通る声音は……

オーリだ、とハワルにはわかった。

オーリがどうして……助けに来てくれたのだろうか……？

ハワルの胸に望みが点《とも》った。

「なんだ、後にしろ」

指揮官が不機嫌そうに答えると、

「急ぎだ、明日の移動の件で確認がある」

ハワルの視線の先で幕屋の入り口が捲《まく》られ、草原のものである、刺繍をほどこした羊皮の長靴——オーリの——が、中に入ってくる。

「……これは、なんだ」

オーリが、はじめて自分の足元にハワルが全裸で這いつくばされていることに気付いたように、そしてたいして関心がなさそうに、冷たい声で言った。

「王への献上品の点検だよ」

猫背の男が含み笑いで答える。

「お前のおかげで、今回の遠征はなかなか面白いものになった。草原の男は屈強だから捕虜として連れ帰れば石切場で役に立つとか、女たちはすぐに舌を噛んで死んでしまうから慰みとしては面白くないとか、草原の馬はちゃんと馴らせば我々の馬よりも戦に向いているとか、都にいてはわからん情報だったな」

「それに、お前のおかげで石沙漠を越える道や、襲いやすい放牧地がわかったから、実に要領よく目的が果たせた」

ハワルは、全身から血の気が引くように感じた。

オーリが、東の国の軍に、情報を与えていたというのは本当だったのか。

誇り高い草原の民を捕虜にして、奴隷のように使うことも、馬を奪うことも、オーリの提案だったというのか。

石沙漠を越える道や、襲いやすい放牧地を教えていた、というのも。

だから、ハワルたちの宿営地を襲ったときに、隊長の一人と「話が違う」「手違い」などというやりとりをしていたのか。

おそらく、大規模な宿営地を襲って、大きな戦闘で東の兵に負傷者を出すようなことは避

けたかったのだ。

――つまり、オーリは裏切り者なのだ。

実際に赤い首布を巻き、敵の陣地を自由に歩いているオーリを見ても、心のどこかでまだ、オーリを信じたい気持ちがあったのに……その気持ちは音を立てて崩れていく。

そのオーリの足元で、自分は今、屈辱的な姿勢を強いられている。

「その中でも」

指揮官が続ける。

「捕虜の中に、王に献上できそうな美形がいたことは何よりの収穫だったな。我らの王はお好みが厳しい上に扱いも雑で、長持ちする相手がおらぬから、我らは常に王の気に入りそうなものを捜し回らねばならぬのだ」

その口調も、身内の気安さ、とでもいうような馴れ馴れしい愚痴に聞こえる。

「その、王への献上品とやらを」

皮肉な声音でオーリが言った。

「勝手に、先に試してもいいものなのか？　臣下が使用済みと知ったら、お前たちの王は機嫌を損ねたりしないものなのか？」

「う……そ、それは」

太った男が唸《うな》る。

「我らはただ、不都合がないかどうかこの目で点検していただけだ。お前まさか、告げ口などすまいな」

「告げ口などしようにも相手がいない。俺にはまだ、都の高官などにつてはないからな」

オーリがそっけなく答えると、

「ならば、我らに従っているのがよかろうよ」

指揮官が少しほっとしたように言った。

「お前もこれから我らの都で地位を得ようとするのなら、それが得策」

「もちろんわかっている、そのつもりで草原を棄てたのだ」

ハワルは身体も動かせず、声も出せないまま、視界が滲《にじ》んでいくのを感じていた。

オーリは草原を棄てた。

草原の民を裏切り、東の国に草原の民を売った。

そして、王とやらに献上されるハワルの運命にも、たいして関心は持っていないように思える。

オーリはそんな人間だったのか。

兄の親友として、オーリを気にかけてくれていたオーリの顔は、偽物だったのか。

それなのに自分は……そんなオーリを密《ひそ》かに想っていたのだ。

「で、明日の移動のことだが」

用件を思い出したようにオーリが言った。

「馬を扱える者が他にいないようだから、俺が草原の馬をまとめて連れて行く。鞍は乗せないで兵に運ばせたほうがいい」

「ああ、なるほど……鞍が乗っていれば、その馬を奪って逃げる者がいないとも限らないからな」

指揮官が感心したように答える。

「馬は一列に縄で繋ぎ、俺が先頭の馬に乗って引いていく。明日の朝、その作業に兵を何人か寄越してほしい」

「わかった」

「それだけだ。では」

オーリの長靴が向きを変えかけ、止まる。

「これも、いい加減片付けたらどうだ」

「まあ……興も冷めたな」

自分のことを言っているのだと、ハワルは兵たちの手が緩んでから気付いた。

これ。

片付ける。

まるでハワルが、物であるかのように。

そのままオーリは、ハワルに視線を向けることもせず、幕屋を出て行ってしまう。

「おい、早く服を着ろ」

猫背の男が苛立ったように言い、ハワルは急いで散らばっていた自分の服をかき集め、身につけた。

「今夜は、どこか小さい幕屋に閉じ込めておけ。明日は我らの隊に入れるから、このものを後ろに乗せる兵を決めておけ」

指揮官の言葉に兵たちは頷き、両脇からハワルの腕を抱える。

それではもう、柵の中の、草原の男たちのところへは戻れないのだ……！

ハワルは絶望的な気持ちになった。

そして男たちは馬にも乗れず、歩いて、どこか遠くの石切場とやらへ連れて行かれ、自分は兵の馬の後ろに乗って、王のもとへ連れて行かれる。

逃げだそうにも、自分は小刀ひとつ持っていない。

草原の男たちにも、ユイが持ってきてくれた小刀が一本あるきりだ。

それでもガザルは、あの小刀で何かしようとしているのだろうか。

絶望的な戦いの果てに、命を落とすようなことにはなってほしくない、とハワルは思った。

まんじりともしないうちに夜が明け、兵たちのざわめきは、すぐにごったがえした大騒ぎに変わった。

これだけの数の兵が一斉に陣地を引き払うのは、大変なことだ。

ハワルが入れられていた幕屋も畳まれ、まず歩兵の列が、そして荷物を積んだ馬や、荷車を引かせたロバを連れた一隊が続き、そして騎馬の列が動き出す。

ハワルもやがて一人の大柄な兵士が乗る馬の後ろに乗せられ、指揮官の一隊の中、数騎に囲まれるようにして、東に向かいはじめた。

前方に、騎馬の兵たちに囲まれるようにして、縄で繋《つな》がれた草原の男たちの列が見える。

並足とはいえ馬の速度に合わせて歩かなければならないのはどれだけ辛《つら》いことだろうか。

そして横手には、オーリがエレルヘグに乗って、後ろに鞍《くら》を乗せていない草原の馬を一列に繋いで率いているのも見えた。

オーリの隣には、宿営地を襲ったときに一緒にいた隊長も並んでいる。

東の軍隊の序列はよくわからないが、それでも、指揮官が一番上にいて、オーリと並んでいるのはその下にいて一隊の兵を率いている隊長の一人だとはわかる。

オーリはその隊長とほとんど同等の位置にいるようにさえ見える。

ハワルはむしょうに、オーリがエレルヘグに乗っていることが口惜《くや》しいと思った。

兄の馬。兄が本当にかわいがっていた勇敢な馬。

そのエレルヘグが、今、草原の民を売った裏切り者を乗せ、自分と同じく草原で育った馬たちを敵地に連れて行く先導に使われていると知ったら、兄はどれだけ悲しむだろう。

いや、それとも。

オーリにはオーリの、何か草原を裏切るだけの理屈や理由があるとして、オーリは兄になら、それを打ち明けていただろうか。

そして兄も……その理屈に賛同していただろうか。

ここに至っても、自分はまだ、オーリの中に何か正当な理由があって裏切ったのだと思おうとしていることにハワルは気付いた。

オーリが私利私欲で動くとは、やはり考えられないのだ。

それでも、オーリがどんな理由で裏切ったのであろうとも、今草原の男たちや馬たちや、自分が置かれている状況を思うと、許すことなどできないことに変わりはないのだが。

自分が知っていたオーリはどこに行ってしまったのだろう。

最初から存在していなかったのだろうか。

そうは思いたくない。

馬上で慣れない馬の足運びに揺られながら、ハワルは同じことをぐるぐる繰り返し考えている。

不器用な馬の脚の運びすら、オーリに、エレルヘグの後ろに乗せてもらったときにはあんなに滑らかだったのに、などと考えてしまう。

そうやって……

一隊は東に向かって進んでいく。

あたりは砂沙漠となり、風景は次第に荒涼としてくる。

どれだけ深く、敵地に連れて行かれてしまうのだろう、戻ることはできるのだろうか、と思っているうちに日が傾き……

指揮官が、伝令を呼び寄せた。

「一隊、止まらせろ。野営の準備を」

「は」

伝令の馬が前方に向かって駆けだしていった、そのとき。

「うわああ！」

一隊のどこかから、叫び声が上がった。

ハワルを乗せた兵の馬がびくりと跳ねる。

次の瞬間、左手のほうから兵たちの悲鳴とともにもうもうたる土埃《つちぼこり》が迫ってきた。

「危ない！　逃げろ！」

「馬が暴走している！」

逃げ惑う兵たちの中に、数十頭の馬が雪崩《なだ》れ込んでくる。

「逃げるな！」

「落ち着け！」

騎馬の兵たちが声を上げるが、歩兵たちは逃げ惑って大混乱になる。

その、雪崩れ込んでくる馬の先頭に、オーリが乗ったエレルヘグがいることにハワルは気付いた。

一列に繋がれた草原の馬たちを引き連れて、真《ま》っ直《す》ぐこちらに向かってくる。

「ハワル！」

傍らを駆け抜けざまに、ハワルに向かって手を差し出してくる。

躊躇《ためら》うことなくハワルはその手を摑《つか》んだ。

ぐいっと引っ張られ、オーリの鞍の後ろに、すとんと落ちる。

「摑まれ！」

速度を落とすことなくオーリは叫び、そのまま繋がれ歩かされている草原の男たちの列に向かって突っ込んでいった。

「縄を切れ！」

オーリが後ろ手に小刀を差しだして叫ぶ。

そしてハワルには、もうわかっていた。

オーリの後ろに一列に並ぶ馬たちは、草原の男なら知っている、特別な結び方で繋がれている。

先頭の馬と、二頭目を繋ぐ縄を解《ほど》けば、あとは自然にすべての縄が解けて、馬たちは一頭ずつ自由になるのだ。

ハワルが小刀で縄を断ち切ると、たちまち馬たちはばらばらになった。

その馬に、草原の男たちが次々に飛び乗る。

ガザルに渡した小刀で、彼らも縄を断ち切っていたのだ。

そして、草原の男たちは、鞍のない裸馬に乗ることにも慣れている。

その様子を見て取り、オーリはエレルヘグの腹を蹴《け》った。

「行くぞ！」

全速力でエレルヘグを走らせる。

西に向かって。

草原のほうに向かって。

男たちを乗せた馬の群れも、後を追ってくる。

鞍の後ろに摑まりながら、ハワルは胸が熱くなるのを感じた。

オーリが……オーリが助けてくれた。

自分を、草原の男たちを、そして草原の馬たちを。

オーリは裏切り者ではなかったのだ……！

それでも気にかかることはあるにはあるが、今はとにかく逃げることだ。

振り返ると、東の国の騎兵たちが追ってくるのが見える。

だが、重い鎧《よろい》をつけた東の馬は、追いつくことはできそうにない。

その瞬間、ハワルの頬《ほお》の近くを矢が掠《かす》めた。

「オーリ！　矢が！」

「放っておけ、このまま距離をあける！」

オーリは構わず走り続ける。

そのまま追っ手との距離は開いた。

一刻ほども走り続けただろうか、西の空にあった夕日の名残《なごり》も消え、あたりが暗闇に包まれると、ようやくオーリはエレルヘグの速度を落とした。

「よく頑張った」

そう言って、優しくエレルヘグの首を叩《たた》く。

数頭の馬が近寄ってきた。

草原の男たちを乗せた裸馬だ。

「無茶をしたな」

笑いを含んだ声で話しかけてきたのは、ガザルだった。

「あの一瞬しかなかったからな」

オーリが答える。

と、いうことは……

「え？　あの、オーリとガザルは……」

ガザルがにやりと笑い、オーリはちょっとばつが悪そうに「あとで説明させてくれ」とだけ言う。

それは……いつもの、自分がよく知っているオーリだと、ハワルにはわかった。

東の兵の中にいるときは、完全に表情を殺し、心を鎧っていたのだ。

周囲の草原の男たちも、わけがわからないという表情で、互いに顔を見合わせている。

「ガザル……この男は、裏切り者ではないのか」

「違う、むしろ我らは、この男のおかげで助かったんだ」

ガザルが短く答え、そのガザルに、オーリが言った。

「俺はこのまま報告に行く。裸馬で大変だとは思うが、彼らをそれぞれ帰してやってくれ」

「わかった。ばらばらに逃げて追っ手を攪乱《かくらん》させてやる」

ガザルは頷《うなず》き、オーリの後ろに乗ったままのハワルを見る。

「彼は？　いいのか？」

「ああ」

オーリが頷くとガザルにはそれでわかったようで、周囲に集まりはじめている男たちに声をかけた。

「闇夜だが、このままもう少し走れるか？　怪我《けが》をしたものは？」

「矢傷を負ったものが三人ほどいるんだが」

誰かが答える。

「ここで一度手当をさせてくれ、それで大丈夫だと思う」

「重傷者はいないのだな」

ガザルは言って、もう一度オーリを見た。

「後は任せろ、お前は行くがいい」

オーリは頷いた。

「行くぞ、ハワル」

そう言って、再びエレルヘグの腹に蹴りを入れる。

そのままエレルヘグは走り出した。

西へ……ではなく、今度は少し南西に向かって。

星の位置で方角はわかる。

「鷲《わし》の星が中天に来るまで走る、それから休むつもりだ。もう少し頑張れ」

オーリの言葉に、ハワルは鞍をぎゅっと摑むことで応えた。

頑張る必要などもない、こうしてオーリが操るエレルヘグに乗っているだけなのだから。

東の兵から逃れ、オーリとともに草原のただ中にいるのだから。

そのまま無言で、一頭と二人はさらに走り続けた。

足元が砂地になったあたりで、オーリは馬を止めた。

このへんはジネズミの巣が多く、馬が足を取られて危険なので、夜の騎行は避けるべきところだ。

点在する灌木《かんぼく》の茂みのひとつに寄り、馬を下りる。

エレルヘグも二人を乗せての逃走にさすがに疲れたのだろう、どうっと脚を折って座り込んだ。

「座っていろ」

オーリがそう言って、火を起こす準備をするのを、ハワルは黙って見つめていた。

石を組んだいろりの中で火を焚《た》き、その上に携帯用の鍋を載せて水と茶の葉をひとつかみ入れると、やがてふつふつと沸き立ち、茶の香りが漂いだす。

こういう簡単な旅荷物は、草原の民なら常に馬に積んであるもので、数日ぶんの水や食料もあるようだ。

オーリはエレルヘグに寄りかかるように座っているハワルの隣に腰をおろした。

「お前、椀《わん》はあるか」

ハワルは懐を探った。

何もない。

自分の木の椀や水を入れた竹筒は、指揮官の天幕で衣服をはぎ取られたときになくしてしまったのだ、と気付いた。

あのときの屈辱を思い出しぶるりと身を震わせながらハワルが首を横に振ると、オーリが自分の椀に茶を注《つ》いで差し出してくれる。

「まず、飲め」

そう言われてハワルは、自分のものとは厚みや口触りの違う、オーリの椀に口をつけた。

香りをつけただけの薄い茶だが、疲れた身体《からだ》にしみ通るおいしさだ。

「これも」

オーリが固く乾燥したパンも差し出してくれ、ハワルはそれを、茶に浸してやわらかくしながら食べた。

無言で……ただただオーリに甘えている、と思う。

同時に、オーリが先に何か言ってくれなくては、こちらとしては何か言いようもない、とも思う。

説明してほしいことは山ほどあるのだ。

食べ終わり、オーリに椀を戻すと、今度はオーリがその椀に茶を注ぎ、無言でパンを食べ……そしてようやく、ぽつりと言った。

「不安な思いをさせたな。悪かった」

ハワルは黙って首を振り、次の言葉を待つ。

するとオーリは言葉を探すように少し迷い……それから、思い切ったように言った。

「俺は、密偵だ」

「密偵？」

聞き慣れない言葉にハワルは思わず繰り返す。

「どういう意味……？」

「俺は、東の軍の内情を探るために、草原を裏切ったふりをして、潜り込んでいたんだ」

「東の軍の……内情を……？」

ハワルにはよくわからない。誰かに頼まれたのだろうか、それとも独断でそんな行動を起こしていたのだろうか。

「俺は」

オーリは、火を見つめながら言った。

「王のために働いている」

「王？」

一瞬ハワルは、東の国の王のことなのかと思い混乱したが、ハワルはすぐに付け加えた。

「草原の民をひとつにまとめつつある、草原の王だ」

草原の王。

族長の幕屋での会議で、周辺の部族を従えつつある若い族長の話は聞いた。

その男のことを、「草原の王」と呼んでいるのか。

「いつから？」

「実際に働いているのは半年ほど前からだが、その前からいろいろ動いてはいた。族長も知っている。王はすでに草原の民をほぼまとめ、先日の大きな戦で東の兵を押し返した。王に従わずに残っているのは、今では俺たちの部族と、その周辺だけだ」

そんなにも多くの部族が、すでに王の配下に入っていたのか。

「王の配下に入ってた部族の男たちを、俺は直接訪ねて話を聞いた。王は彼らを征服したのではなく、説得したんだ。俺は、そういう王のもとにならば、部族を預けてもいいのではないかと思い、族長にもそう言った」

それではもうかなり以前から、オーリは部族の中でただ一人、その「王」に興味を持ち、あれこれ調べていたのか。

オーリは言葉を続ける。

「族長も俺と同意見だったが、周辺の族長たちや、部族の男たちを納得させるには時間がかかるし、失敗したときのことも考えなくてはいけないから……とりあえずは内密に、俺が単独で行動するのなら、と許してくれた」

族長黙認のもとで、王のために働いていた、ということだ。

オーリが何か族長の用事でたびたび遠くへ出かけていたのは、そういうことだったのか。

古い考え方の男たちの中で、おそらくオーリならば冷静な目でその王とやらを見ることができると、族長は考えたのだ。

それは、族長の、オーリに対する絶大な信頼だ。

「オーリは、その……王、を実際に知っているんですか？」

オーリは頷く。

「噂《うわさ》を聞き、とにかく会ってみたいと思った。族長もその男についての噂を確かめたいと言っていたしな。そうは言ってもいきなり訪ねていって会ってくれるものなのか、王の支配下に入っていない部族のものが訪ねていったら捕らえられるのではないか、とも考えたのだが、そうではなかった。王は、自分を知りたいと思う人間とは積極的に会ってくれた」

オーリが単独でその「王」に会いに行き……そして王は会ってくれた。

「王は……どういう人なんですか？」

「若いが、並の人物ではない。頭がいいし、世界を広い目で見ている。何より、個人的な野心や望みではなく、理想と使命感が彼を動かしている、と俺は思った」

身近な、部族の男の中ではオーリは傑出した男だとハワルは思うのに、そのオーリがこれほどまでに賛辞を贈る男。

ハワルの中に、威厳のある、どっしりとした体格の、穏やかな笑みを浮かべた男がぼんやりとした像を結ぶ。

「会って、話し、俺は確信した。王の言っていることは正しい。東の国の脅威に対抗するためには、草原の民はひとつにならなければいけない。俺はそれを族長に伝え、俺たちの部族がどう方向を定めるかは別として、俺個人として、王のために働いてみたいと言ったら、族長は許可してくれたんだ」

「それで……東の軍の内情を探るために……一人で？」

「協力者はいた」

オーリはハワルを見る。

「お前も見ただろう、宿営地を襲ったときの隊長。あの男は、東の民を父に、草原の民を母に持つ男だ。複雑な立場ゆえ、東の国での自分の地位を失うようなことはしたくないが、万が一草原の民に捕らえられたような事態に備えて、草原の民にも恩を売っておきたいという、完全に信頼はできないが手づるになる男ではあった」

両方に通じ、どちらに転んでも安泰でありたい、ということなのだろうか。

そういう男に渡りをつける、それ自体も危険なことであったはずだ。

「俺はあの男を通じて、自分の部族に恨みがあって草原を見限りたいというふりをして、東の軍の指揮官に紹介された。もちろん、完全に信頼されるというわけにはいかなかったが、相手に利用されるふりをして、いくつかの放牧地を襲う先導はした」

それは……草原の民に対する本物の裏切りではないのだろうか、と考えかけたハワルだが、はっとあることに気付いた。

「襲って、捕虜にして……草原の民が、殺されないようにした？」

オーリは頷く。

「戦だから、草原の民が無傷というわけにはいかなかったと思う。だが、草原の男たちは屈強だから捕虜にして働かせたほうがいい、馬も、なるべく多く捕まえて、俺のように草原の馬を扱える人間に、東の軍向けに調教させたほうがいい、と思わせることはできた」

さらに……草原の女は慰み者には向かない、というようなことも。

敵の信頼を得るために。

同時に、草原の民の受ける傷が、少しでも少なくてすむように。

ハワルたちの部族の宿営地を襲ったのは「手違い」だと言っていた。

大きな宿営地ではなく小さな放牧地を狙わせ、相手にとって「楽な仕事」になると同時に、草原の民の被害も少なくすむように苦心したのだろう。

「馬を連れて行かせるようにしたのは、草原の男たちが逃げる際に使えるように、ということだったんですね？　そしてガザルも、それを知っていた？」

ハワルが確かめると、

「そうだ、ガザルも王のために働いている男だ。自分から進んで捕虜になり、他の男たちをまとめる役目を担っていた。東の国の奥深くに連れて行かれる前に逃げる予定で、それまで男たちが無茶な行動を起こさないように抑えてくれていた」

オーリはそう言って、じっとハワルを見つめる。

「お前にはわかるのだな。こういって説明しても理解してもらえない相手は多いが、お前は俺の言葉から、それ以上のことを汲《く》み取ってくれる。それは、お前にも、広い視野が、新しい考え方を受け入れられる力があるからだ」

そのオーリの瞳《ひとみ》が眩《まぶ》しく……ハワルは思わず俯《うつむ》いた。

買いかぶりだ。

岩山に登ったときにもオーリは「お前にはこの世界を高い場所から見る力がある」と言ってくれたが、そんな力が自分にあるとは思えない。

今回だって、オーリを信じたいと思いながらも、疑ってしまった。

オーリの考えていることを見抜けなかった。

オーリは自分よりもずっと高い場所から世界を見ているばかりか、その世界のために、自分から危険な仕事に飛び込んでいくだけの行動力がある。

そして……その仕事から、オーリは何を得たのだろうか。

「東の軍の中にいて、何かわかったことはあるんですか？」

オーリは頷いた。

「いろいろ。一番大きいのは、東の軍は専門の職業兵と、徴兵された普通の民の混成だということかな。歩兵のほとんどは、普段は畑を耕したりしている普通の民だ」

「それは僕も気がつきました」

馬の手入れをしているハワルに向かって話しかけてきたのは、そういう素朴な民たちだった。

「それなのに、戦になると……あの人たちも恐ろしい敵になるんですね」

それがどうしても、ハワルの中では納得ができない。

「数だ。草原の民の何百倍いるかわからない数。そして、恐怖……彼らは、俺たち草原の民に捕まったら、恐ろしい拷問の末に殺されると教え込まれているから、必死で戦う。同時に、上官である騎馬の兵士たちも彼らにとっては恐ろしいから、逆らえないのだ」

オーリは冷静に言った。

「数と……恐怖」

ハワルは思わず繰り返した。

それが、あの素朴な民たちを、恐ろしい敵にしているのだ。

「それがわかって……僕たちには何ができますか」

ハワルが尋ねると、オーリはきゅっと唇を結び、少し考えた。

小さな焚火がその横顔に陰影を作り、くっきりとした男らしさを際立たせている。

「俺が、王に報告し、進言しようと思っているのは、そういう東の民の歩兵が鍵かもしれない、ということだ。彼らに、俺たちは恐ろしい敵ではないとわからせ、戦いでも騎兵を狙って、歩兵はなるべく傷つけない、捕虜にしたら丁寧に扱って帰す、そういうことを繰り返せば、ああいう民を味方につけられるかもしれない……実際の戦いの中でそんなことが可能かどうかはわからないし、時間もかかるだろうが」

その口調にも、考え深い、草原だけでなく、戦いを強いられている東の民を思いやる気持ちが表れているような気がする。

オーリは本当に、草原の小さな一部族ではなく、草原の民だけでもなく、もっと広い世界の、もっと先の未来までを見据えているのだ。

ハワルは急に、自分がどれだけちっぽけで役立たずな存在であるかを思い知らされたような気がした。

せめて……せめて馬に乗れれば。オーリと「馬を並べる」関係にはなれなくても、ともに同じ未来を見据えて、行動することができたら。

だが、そんなことは、夢見ることすらできないのが現実だ。

「僕は……僕は、なんの役にも立てなくて……」

俯きながら思わずそう呟《つぶや》くと、オーリは、

「それは、お前には知らせていなかったから……俺も、お前に悟られないように振る舞っていたし」

そう言いかけて、はっとしたように言葉を飲んだ。

ハワルが思わず顔を上げると、オーリの顔に、苦しげな表情が浮かんでいる。

「だがあれは、ひどかった。お前がその……馬に乗れないから、他の草原の男たちと一緒に逃げることはできないと思い、俺が連れ出しやすいようにと……お前に馬の世話をさせるよう勧めたのは俺だが……まさか、あんなふうに目をつけられるとは」

指揮官たちに……東の王に慰み者として献上するために目をつけられ、指揮官の幕屋で辱《はずかし》めを受けたことを言っているのだ。

あれは……オーリの意図したことではなかった。

オーリはただ、馬に乗れないハワルを、逃亡の際保護することを考えてくれただけだったのだ。そのために「あの男は馬に乗れない」と告げることが必要だった。

そうやって、一人別な場所で、兵たちの目にとまる場所で働いていた結果、ああなってしまったのは……オーリのせいではない。

ハワルは、見知らぬ男たちの前で全裸に剝《む》かれ、身体を点検された屈辱を……そして、その場にオーリが入ってきたときのことを思い出した。

あれを、オーリに見られたのだ。

あのときは……屈辱と、恐怖と……オーリが裏切ったのだという怒りのようなものも感じていたような気がする。

だが今、あのあられもない、全裸で兵たちに押さえつけられている格好をオーリに見られたのだと思うと、激しい羞恥《しゅうち》が湧き上がってきた。

恥ずかしい。

オーリのほうはなんとも思っていないだろうに、オーリに見られて恥ずかしいと思ってしまう自分がまた恥ずかしい。

自分の身体の、どの部分がどういうふうにオーリの視線にさらされたのかと思った瞬間かっと顔が耳まで熱くなり、ハワルは両手で顔を覆った。

「ハワル？」

訝《いぶか》しげにオーリがハワルを呼び……そして、その手が、ハワルの背に回り、肩を抱き寄せた。

「ハワル、すまなかった、本当に……あんな思いをさせて」

オーリはハワルを慰め、落ち着かせようとしているのだろうが、そんなふうにされるとハワルの頬はさらに熱くなり、どうしていいかわからなくなる。

「ハワル」

オーリの手が、そっと、顔を覆ったハワルの手に重なり、優しく握って顔から離させた。

大きく、温かい、オーリの手。

「ハワル、大丈夫だ」

優しく穏やかな……同時に何か、ハワルがこれまで知らない甘さを秘めた声。

思わずオーリのほうを見て、ハワルは自分の目が羞恥で潤んでいたことに気付き、瞬《まばた》きをした。

夜の闇の中、焚火の明かりを受け、オーリの黒い瞳が輝いている。

「……もう二度と、誰にも、あんなことはさせない」

オーリが低く、しかし強い決意を秘めた声音で、言った。

「お前のことを、あんなふうに――」

ハワルは首を振る。

あんなことはなんでもなかった。屈辱ではあったが、逃れてしまえば、忘れられる。

ハワルが動揺しているのは、オーリに見られたことを意識したからで……

だが、何をどう言葉にすればいいのだろう。

オーリの瞳がこんなに近いのに。

こんなに間近でハワルを見つめてくれているのに。

その瞳に、戸惑いと羞恥を浮かべた自分の姿が映っているのに。

その自分の姿が恥ずかしく、ハワルは思わず瞼《まぶた》を伏せ――

次の瞬間、オーリの息が近付いたように感じ。

そして、唇に何かが触れた。

温かく、優しく、そして甘い熱を宿したもの。

——唇、だ。

オーリの唇が、自分の唇に重なっている。

どうして？　という疑問は身体を駆け巡る熱に押しやられた。

嬉《うれ》しい。

押し付けられる唇の乾いた感触が……自分の身体を抱き締める力強い腕が。

唇の間から濡《ぬ》れた肉の感触が忍び出て、ハワルの唇をなぞる。

腰の奥にぞくぞくとしたものを感じ、思わず開いた唇から、オーリの舌が忍び込む。

誰かと口付けをかわすなどはじめてのはずなのに、ハワルは本能的に、オーリの舌を舌で迎えた。

生々しく熱く、脳を蕩《とろ》かしそうな感覚。

最初は探るように優しく、そして次第に熱っぽく荒々しく、口付けは深くなる。

これが、オーリ。

ずっと知りたかった、オーリという男の本質。

ぎこちなく応えながらもどう息をしていいのかわからず、身じろぎしたハワルの鼻から、

「んっ……」

甘い声が抜けた。
恥ずかしいと思う気持ちを追いやるように、口付けはさらに深くなる。
長い口付けのあと……ようやく唇が少し離れた。
オーリの大きな手が、ハワルの頬を包む。
「お前の、唇……」
オーリの甘い声が幸福そうに呟いた。
夜の色の瞳に映る、うっとりと上気した顔は、自分のものなのだろうか……？
頭の芯が痺《しび》れたようにぼうっとオーリを見上げていると、オーリの唇が動いた。
「……覚えているか？　昔、草原で……春の最初に見る花を想像して……」
ずっと昔を懐かしむ響き。
だが、知らない、とハワルは思った。
春の最初に見る花を想像して……そして、どうしたというのだろう？
ハワルの中にそんな記憶はない。
戸惑うハワルに、オーリが優しく目を細める。
「ほら、ホロルが俺を追い越して、先に駆けていって」
ハワルはぎくりとした。
それは——兄との思い出だ。

自分ではなく、オーリと兄との思い出だ。

自分が知っているわけがない。

そして今、オーリの瞳に映っているのは。

「僕は……」

ハワルの唇が震えた。

オーリの胸に手をつき、ぐいと押しやる。

「僕は兄さんじゃない……！」

オーリがはっとしたように、ハワルの頬から手を放した。

「ハワル」

「僕は兄さんじゃない！」

声を荒げてハワルがもう一度、自分自身に言い聞かせるように言ったとき。

エレルヘグがびくりと身体を震わせ、立ち上がった。

自分の声に驚いたのだろうか、とハワルが思わず口を押さえると、オーリの表情がさっと引き締まった。

「し！」

人差し指に唇を当て、片足で石組みのいろりを蹴飛ばして火を消す。

そのときには、ハワルの耳にもはっきりと、馬の足音が聞こえていた。

五、六騎……いや、もっといる。
がちゃがちゃという、鉄鎧《てつよろい》の音も。

暗闇の中に目をこらすと、東の地平に、ぼうっと灯《あか》りが見えた。

敵兵のたいまつだ。

オーリが無言で、エレルヘグに手早く荷をくくりつける。

そのまま二人と一頭は、息を殺して東を見つめた。

敵兵は、ここに自分たちがいることを確信してはいないらしく、横に広がって左右にたいまつを振りながら近付いてくる。

見つかるのは時間の問題だ。

「……逃げるぞ」

オーリが囁《ささや》き、エレルヘグに飛び乗った。

ハワルも手を差し出されるのを待たず、オーリの後ろに飛び乗る。

エレルヘグが駆けだした瞬間、背後の敵兵が何か叫んだのがわかった。

見つかった！

オーリがエレルヘグの腹に蹴りを入れる。

エレルヘグもわかっているのだろう、全力で駆け出す。

月明かりもない夜の草原を、ひたすら西を目指して。

だが、背後から敵の馬の足音が、そしてたいまつの灯りが、近付いてくるのがわかった。

――重いのだ。

ハワルにはわかった。

二人を乗せていては、疲れたエレルヘグの脚には限界があるのだ。

「オーリ！」

ハワルは叫んだ。

「僕を……僕を置いていって！」

そう言ってエレルヘグから飛び降りようとしたとき、

「降りるな！」

オーリが強く言って片手を後ろに回し、ハワルの腕を摑んでぐっと自分の身体に引き寄せた。

オーリの背中にハワルの胸が押し付けられる。

ぴたりと身体をつけ、動きが重なることで少しでもエレルヘグの負担を減らそうとでもいうのだろうか。

それでも……無理だ！

敵兵の中でも特に速い二騎が、あっという間に追いついてきて左右からエレルヘグを挟んだ。

「止まれ！」

「逃げても無駄だ、止まれ！」

叫ぶ声にも、オーリは耳を貸さない。

しかし……

「おい、こいつは例の裏切り者じゃないのか！」

右側の兵士が叫び、

「そうだ！　さっき捕まえた他の連中とは格が違うぞ！」

左側の兵士が答える。

その言葉にハワルは、ガザルと一緒に逃げたはずの草原の男たちが、全員ではないかもしれないが捕らえられてしまったのだと悟った。

「逃げても無駄だ！」

左側の兵士がそう言って、片手に構えた槍《やり》を突き出してくる。

とっさにハワルは、オーリが腰に刺している刀を抜き、その槍に向かって振り下ろした。

槍の柄は、すぱりと切れて落ちる。

「いいぞ！」

オーリが叫び、後ろに片手を回したので、その手に刀を返す。

その間にも、敵兵たちは数を増して追いついてきた。

「止まれ！」

刀を振りかざした数人の敵兵が、とうとうエレルヘグの前に回り込む。

「どけい！」

オーリは片手で手綱を操り、片手に刀を持って、敵兵に突進した。

馬上で、馬を操りながら刀で戦う技術で、草原の民にかなう東の兵などいない。

ましてオーリは、部族でも一、二を争う腕前だ。

オーリが振り回す刀を思わず避けた敵兵の間を突破しようとするが、それでも敵兵は数を増すばかりだ。

やはり、無理だ。

自分が邪魔なのだ。

ハワルが決意を固めて馬から飛び降りようとしたとき——

背後から飛んできた一本の矢が、ハワルの頬を掠めた。

ぎょっとした瞬間には——

その矢は、オーリの右肩に刺さっていた。

オーリが刀を取り落とす。

「オーリ！」

ハワルが絶叫した瞬間。

「手綱を！」

オーリが叫んでエレルヘグの手綱を握った左手を後ろに回した。

「え？」

ハワルが反射的に、その手綱の端を握ると——

転がるように、オーリがエレルヘグから落ちた。

「オーリ！」

驚いてハワルは緩んだ手綱を両手で握ったが、エレルヘグはそのまま走り続ける。

「南西へ！　エレルヘグが知っている！　馬に任せるんだ！」

背後でオーリが叫んでいるのが聞こえた。

「王に伝えろ、お前の見たことを、聞いたことを——」

そのまま声が遠くなる。

ハワルは真っ青になった。

どうしよう。どうすればいいのだろう。

オーリは負傷し……自分は今、エレルヘグの上に、一人でいる。

オーリはハワルに、一人で王のもとへ行けと言っているのだ。

エレルヘグに……馬に、乗って。

そう意識した瞬間、ハワルの全身をざっと恐怖が包んだ。

無理だ。

そんなことは無理だ。

今だって、ただ手綱を緩く握っているだけでエレルヘグに何を指示してやれるわけでもなく、エレルヘグは戸惑ったように速度を緩めながら惰性で南西に走り続けている。

無理だ。

無理だ無理だ無理だ。

ハワルはがくがくと震えだし、エレルヘグの首にしがみついた。

こんなことをしてはエレルヘグが走りにくいということはわかっているのに、身体が、何かしがみつくものを求めて動かせない。

どうして、先に飛び降りてしまわなかったのだろう。

オーリが負傷する前に、どうして、エレルヘグを軽くしてやらなかったのだろう。

背後から、数騎の敵兵が再び追いついてくるのが聞こえる。

いっそこのまま自分も捕まってしまったほうがいいのだろうか。

オーリの怪我の具合を知りたい。

オーリの側《そば》にいたい。

だったら、降伏して……

そんな思いが脳裏を掠めたとき……

(王に伝えろ!)

オーリの声が、頭の中に響いたように感じた。

王に伝える……見聞きしたことを。

オーリが言っていた、東の国の兵について、東の民を味方につけるべきだという意見について……

草原の民のために。

草原の民がひとつにまとまって、東の国に踏みにじられない強さを持つために。

オーリはそのために、裏切り者を装って敵のただ中に入るという危険な仕事をしていたのだ。

自分が今捕まったら、オーリがしたことはすべて無駄になってしまう。

オーリは、自分に託したのだ。

そのオーリの願いを踏みにじるわけにはいかない……！

ハワルは身体を起こした。

手綱を握り直す。

恐怖が薄れたわけではない。

自分が今、こうして一人で馬に跨《また》がっているという事実は、子どもの頃のあの恐怖を思い起こさせる。

馬を操れず、馬が暴れ、そしてその足元には子どもが……

いや。

ハワルは首を振った。

足元に、今、子どもはいない。

踏みつぶしてしまう恐れがあるような子どもは、いない。

そしてエレルヘグは、兄の馬であり、オーリの馬だ。

馬に任せるんだ、というオーリの言葉を、何度も頭の中で繰り返す。

そうだ、エレルヘグを信じ、任せればいい。

ハワルは手綱を短く握り直した。

首を垂れかけていたエレルヘグが、何かを感じ取ったように頭を擡《もた》げる。

「止まれ！」

敵兵が追いついてきて、先ほどのように左右から挟もうとする。

「エレルヘグ！」

ハワルは叫んだ。

「走って！　オーリのために！」

オーリのために。

僕はお前の邪魔をしないから……！

腹を蹴らず、ただ馬体を挟む両腿《りょうもも》にぐっと力を込めると——

エレルヘグの速度がいきなり増した。

「うわ、なんだ！」

そう叫ぶ敵兵の声がたちまち背後に遠のいていく。

幸い追いついてきていた兵たちの中に射手はいなかったらしく、そのままハワルは、敵兵を背後の闇の中に置き去りにした。

エレルヘグは軽々と走る。

ただ走ってくれ、というハワルの願い通りに。

次第にハワルは理解しはじめた。

馬を操る、などという考えが、そもそも思い上がりだったのだ。

草原の馬たちは、自分がなすべきことを知っている。

乗り手の思いと馬の考えがちぐはぐだから馬は暴れるのだ。

思いがひとつならば……乗り手はただ、馬にその思いを伝え、任せればいい。

ましてや自分が今乗っているのは、兄と、そしてその兄と馬を並べていたオーリと、長い時間を過ごしてきたエレルヘグなのだ。

次第にハワルの中にあった恐怖は薄らぎ、ひたすら南西へと向かった。


三昼夜、エレルヘグとハワルは走り続けた。

途中数度、通りかかった放牧地や宿営地で、エレルヘグと自分のために水を貰《もら》い、道を尋ねただけだ。

最初の放牧地の人々は、「王」の所在地は知らなかったが東の国との争いのことは知っていて、それを必要な場所に伝えに行くのなら頑張れ、と言ってくれた。

そしてそこではじめて、ハワルは「顔に血が」と指摘され、右目の下のあたりに傷を負っていることに気付いた。

オーリの肩を射貫いた矢が頰を掠めたときのものだ。

だが、自分の怪我などオーリの傷に比べればなんでもない。

そして、南西に向かうにつれて「王」を知っている人々が増えていき……

最後に辿《たど》り着いた宿営地で「あと一刻ほどで『都』だ」と言われたときには、エレルヘグがもう疲れ切っていることはわかっていた。

「あともう少し、頑張って」

エレルヘグの首を軽く叩き、エレルヘグもそれがわかっているようで、再び駆け出す。

そして――

都が見えたのは、夕刻のことだった。

都、という言葉をハワルは最後の宿営地ではじめて聞いたのだが、それを目にした瞬間、ここがそうなのだとわかった。

どこの宿営地とも違う。

平原に、大量の幕屋が立ち並んでいる。

それも整然と。

大小の幕屋の列が、中央に大きな通りを作り、通りの両側は大きな市場のように、屋台になっていて品物が溢《あふ》れている。

通りからさらに左右に、小さな通りが無数に枝分かれして、奥行きが摑めない。

こんな光景ははじめて見る。

外からここに辿り着くと、自然に中央の大きな通りに導かれるようになっていて、大勢の人々が……男や女、老人や子どもが行き交っている。

ざっと見回しただけでも、みな、栄養が行き届いていて幸福そうだ。

同じ草原の民なのに、ハワルの部族とは雰囲気がまるで違う。

ハワルは戸惑いながら、その人々の中に馬を乗り入れた。

王というのはどこにいるのだろう。

誰に尋ねればいいのだろう。

そこへ、草原の革鎧をつけた兵たちが駆け寄ってきて、槍を交差させてハワルを止めた。

「どこから来た、何者だ」

兵に問われ、ハワルは、なんと応えたらいいのか迷った。

「王に……王に、報告があるのです」

「お前の名は」

「ハワル」

「……ハワル？」

兵たちは首を傾《かし》げる。

「知らんな」

知っているはずがない。

「オーリ、の」

疲れ切っていたハワルは、それでもようやく告げるべき名前を口にする。

「ハトーの部族のオーリの、使いです」

兵たちははっと顔を見合わせた。

「ザーダルさまが気をつけているようにと言っていた、あれか？」

「おい、お前は東の戦線から来たのか」

一人が急《せ》いたようにハワルに尋ねた。

東、という言葉に反応してハワルが頷くと、その兵は頷いた。

「わかった、すぐに王の前に」

通じた……オーリの名前が通じた、これで、王に報告ができる……！

ハワルはほっとして、全身の力が抜けていきそうに感じた。

差し出した手にエレルヘグの手綱を預けると、兵たちは「道を空けろ！」と叫びながらエレルヘグを引いて、大通りを真っ直ぐ奥へと進む。

その突き当たりに……見たこともない巨大な幕屋があった。

いくつもの幕屋を連ねた大きさで、一番高い部分には錦の旗が翻《ひるがえ》り、幕屋の外側は鮮やかな綾織《あやお》りの布で覆われた、美しく豪華な幕屋。

正面に建てられた柱からは五色の布が垂れ、ここが特別な場所だということが一目でわかる。

「馬はここで下りよ」

そう言われて、ほとんど辷《すべ》り落ちるようにエレルヘグから降りたハワルが地面に頽《くずお》れそうになるのを、兵たちが両側から支えてくれる。

「馬を」

一人の兵がエレルヘグの手綱を取ってどこかに連れて行こうとしたので、ハワルは慌《あわ》てた。

「待って、どこへ……」

「休ませてやるのだ、過酷な行程をこなしてきたことはわかる」

そうだ、ここは草原で、彼らは草原の民だ。

エレルヘグを一目見て、水や餌、休息が必要だとわかってくれたのだ。

「さあ、中へ」

垂れ幕が上がっている広い入り口に足を踏み入れると、背の高い、頬に目立つ刀傷のある男が待ち構えていた。

「伝令か。ハトーのオーリの使いだな」

ハワルが頷くと、刀傷の男が頷き、幕屋の奥から別な男たちが出てきて、兵たちに替わってハワルの両腕を支える。

「王はすぐにお会いになる、こちらへ」

分厚いフエルトが敷かれた幕屋の床を、幾枚もの垂れ幕を捲《まく》って奥へ奥へと導かれ、ひとつの部屋に辿り着く。

そして。

幕屋の外観に比べれば簡素なほどの、なんの飾り気もない部屋に、一人の男が立っていた。

背の高い、整った顔立ちの男。

年は、オーリよりも少し上だろうか。

額にはひねりのある凝った銀の輪がはめられているが豪華なのはそれくらいで、着ているものは立ち襟《えり》の、銀糸の刺繡《ししゅう》がほどこされた黒い膝丈《ひざたけ》の服で、どこかの若い族長と言われればそういう風情の服装だ。

オーリの言葉から想像していた、どっしりとした体格の穏やかな笑みを浮かべた男、という姿とは全く違う。

だがその切れ長の、灰色がかった瞳は厳しく老成した光を浮かべ、その視線で、この男こそが「特別な人間」なのだとハワルにはわかった。

「王よ、ハトーのオーリの使いです」

ハワルを連れてきたザーダルという男がそう言うと、王は頷いてハワルに近寄った。

「報告を述べよ」

ハワルには、この「王」という人に、どういう礼儀で接するべきなのかもわからないが、とにかく言うべきことを言わなければ、と思った。

「オーリは、捕らえられていた草原の民と馬を逃がしたのですが……再び捕まりました。怪我をしています……オーリを、オーリを助けてください……！」

王はそれを聞いても、ハワルの背後にいるザーダルに向かって軽く頷いただけで、さらにハワルに向かって尋ねた。

「それで、東の兵力についてはなんと？」

ハワルは、オーリが怪我をしていて再び捕らえられたと聞いても王の反応がそれだけでしかないことに失望を覚えたが、なんとか心を立て直した。

そうだ、オーリがハワルに託したのは、自分を救出することなどではなく、自分が密偵として東の兵の間に入り込んで知ったことの報告だ。

それを伝えることこそ、ハワルに与えられた使命なのだ。

「オーリは……東の民の、歩兵が鍵だ、と……僕も実際に接しましたが、歩兵は、馬も扱えないごく普通の民なのです、普段は畑を耕したりしている……騎兵は訓練された兵士で、歩兵は、その騎兵が怖いので、従っているのです……それと、草原の民のことをとても怖れていて……東の兵が怖いのは、その歩兵の数と恐怖だ、と」

オーリから聞いた言葉、自分が見聞きしたことをなんとかまとめて言葉にする。

「数と、恐怖か。それも確かに使いようだな」

王は顎《あご》に拳を当てる。

「それで、だから……」

ハワルは、自分の言いたいことがきちんと相手に伝わっているのかどうか不安になりながらも、言葉を続けた。

「戦いがあるなら、歩兵はなるべく傷つけず、捕虜にしたら丁寧に扱って帰すことを続けていけば……味方につけられるかもしれない、と」

王は軽く眉《まゆ》を寄せる。

「実際の戦いの中で、そういうことが可能だと思うか」

それはオーリも、可能かどうかはわからない、と言っていたことだった。

同じ脈絡を辿る思考でありながら、オーリの言葉にあった温かみが王の言葉にはないように思える。

「可能かどうか、ではなく」

思わずハワルは強い口調で言っていた。

「可能にする、ということだと思います！　王なら……オーリがあなたに仕えているのは、王ならそれが可能だと、そういう方だと思っているからじゃないんですか⁉」

違うというのなら、オーリが間違っているのだ。

草原の民をひとつにまとめるというのが、東の国に対抗する力をつけることで戦を回避するためではなく……さらなる戦に民を駆り立てようという考えなら、この王も、この王を信じたオーリも間違っている。

今自分が望んでいるのは、オーリの報告を真剣に受け止め、そしてオーリの言葉を実現するために動いてほしい、できればオーリを救い出してほしい、それだけなのに……！

ハワルが焦《じ》れるように思ったとき。

「王」

いつの間にか部屋を出ていたらしいザーダルが、部屋の入り口の垂れ幕を捲って声をかけた。

「精鋭の三百騎、三刻後には出発できます」

「そうか」

王は表情を変えずに頷いた。

「歩兵は相手にするな、騎兵だけを倒せと兵たちに伝えよ。このものからは敵部隊の数と編成、おおよその場所など必要なことを聞き、休息を取らせよ」

精鋭三百騎……出発……歩兵は相手にせず、騎兵だけを倒せ……？

王の言葉の意味を、ハワルは一瞬摑みきれずにもがき、思わず言葉にしていた。

「え……あの……あの、今のはどういう……」

「そのままだ」

ザーダルが短く答える。

「捕虜を助けに、兵を出すに決まっている」

それでは……王は、ハワルが言った言葉をすべて理解し、聞き届けてくれたのだ！

自分の言葉は王を動かさず、王はただ淡々と報告を聞いているだけだと思ったのに……最初にハワルが口にしたいくつかの言葉ですぐに状況を判断し、頷きだけでザーダルに伝え、ザーダルは早くもその準備を命じた、ということなのか。

「あ、ありがとうございます！」

ハワルが思わずそう言って王に頭を下げると、王は首を振った。

「草原の民を私が助けるのだ、礼などいらない」

そして静かな声で付け加える。

「お前は今、オーリが私に仕えていると言ったが、そうではない。オーリは私を助けてくれているのだ。オーリは私にとって大事な相談相手の一人であり、私の目であり、耳なのだ」

そう言って、再びザーダルを見る。

「必要なことを急げ、私も支度をする」

そう言って、奥にあった別な垂れ幕を捲り、姿を消す。

オーリは……王に仕えているのではなく、助けている。

その言葉はオーリに対する信頼であり、王の心の深さも感じさせる言葉だった。

一見、冷徹で感情がないように見えた王には……実は底知れぬ奥深さと、そして決断力がある。

そういう人だからこそ、オーリは王のために働くと決めたのだ。

「ハワルといったな」

ザーダルがハワルの背中に手を当てた。

「こちらへ。敵の位置、数、武器などを教えてくれ。それから休むがいい」

呆然《ぼうぜん》としていたハワルは、はっと我に返った。

王が、兵を出してくれる……支度をする、ということは王自ら行ってくれる。

だとしたら。

「僕……私も、一緒に行きます！」

ハワルが勢い込んで言うと、ザーダルは眉を寄せた。

「お前は疲れている。休んで、王の兵に任せろ」

「いいえ、行きたいんです！　行かせてください！」

オーリを救いに。

怪我をしている、裏切り者というのは偽りだったと露見して、ひどい目に遭っているかもしれない、殺されてしまうかもしれない、オーリがそんな状況にあるのに、自分はのうのうと休んでいるわけにはいかない――！

ザーダルは一瞬眉を寄せ、小さくため息をついた。

「では出発は三刻後、それまでは休め、王命だ」

三刻、それだけ休めれば上等だ。

「ありがとうございます！」

ハワルは頷き、ザーダルに促されて王の部屋を出た。


「起きろ」

ハワルが急いで食べ物を詰め込み、ばったりと横になっていた部屋の垂れ幕を、一人の兵が捲って言った。

疲れ果てて熟睡していたハワルは、その声で瞬時に目覚め、がばっと起き上がった。

「出発ですか」

「そうだ。乗ってきた馬は準備した。外へ」

ハワルが幕屋の外に飛び出すと、目の前にエレルヘグが繋がれていた。

馬具もきちんと装備されている。

「いい馬だ、もうすっかり元気だ」

兵がそう言ってくれたとおり、エレルヘグは短時間とはいえ休息を取り、水も餌もたっぷり与えられ、毛並みもつややかに生き生きとして、焦れるように地面を前足で搔《か》いた。

「エレルヘグ」

ハワルはエレルヘグの鼻面を抱き締めた。

「もう一度、僕を乗せてくれるね？　オーリを助けに行くんだから」

エレルヘグは大きく上下に首を振る。

「お前は、近衛《このえ》の中に入れと、王の仰せだ」

兵が、真新しい革鎧を手渡しながらそう言ってくれ、ハワルは手早くそれを身につけ、エレルヘグに跨がった。

兵とともに、宿営地……ではない、都の東側にある広い空き地に出ると、そこにはもう三百騎が整列していた。

精鋭という言葉通り、逞《たくま》しく強そうな草原の戦士たちだ。

連れてきてくれた兵と一緒に王の背後にいる一隊の端につくと、王がハワルを見て軽く頷く。

その隣に、一人だけ少し雰囲気の違う男がいることに、ハワルは気付いた。

美しい葦毛《あしげ》の馬に跨がった、若い男。

ほっそりとして戦士らしい逞しさはないが、美しく背筋を伸ばし、片手で手綱を握り、軽く提げた片手には弓を持ち、背中に矢筒を負っている。

額には王のものとはまた違う、銀の輪がある。

その線の細い横顔にきりっとした表情を浮かべ、王を見つめている。

明らかに一人だけ空気の違うその男が気になり、ハワルは思わず隣の兵に尋ねた。

「あれは……あの葦毛に乗った人は？」

「セルーンさまだ」

兵は短く答える。

「王と、馬を並べる関係の方だ」

王と、馬を並べる関係……そんな人がいるのか。

そのとき、王が右手に持った剣を高く掲げた。

「草原の民よ、これから我らは、我らの同胞を救い出しに行く。三日三晩、駆け続けよ。途中で、先触れを出してある部族の兵と合流し、敵地に入る。囚《とら》われの同胞が、己の親兄弟だと思って、一刻でも早く救い出すために全力で駆けよ！」

「おう！」

兵たちがそれぞれに武器を掲げて声をあげる。

この兵たちが……王に率いられ、オーリを、オーリとともに捕まっている草原の男たちを、助けに行ってくれる。

ハワルは全身に、なんともいえない感動が走るのを覚えた。

「出発！」

王が叫び、さっと馬首を東に向ける。

一斉に、三百騎が動き出した。

速歩から、たちまち駆け足に移る。

ハワルもエレルヘグに跨がる両腿に力を入れたが、それを待つまでもなく、エレルヘグも走り出していた。

わかっているのだ、エレルヘグには。

オーリを救いに行くのだと。

馬というのはこんなにも悧巧《りこう》な生き物なのに、どうして自分はその馬を「操れない」ことをあんなに怖れていたのだろう。

足元に子どもはいない。

踏みつぶしてしまう危険などない。

いや子どもがいたとしても馬は器用に、ちゃんと子どもを避《よ》けて脚を下ろすだろう。

草原の馬ならばなおさら。

だから……今はただ、エレルヘグを信じればいい。

ハワルから見える場所に、王と、「馬を並べる関係」だというセルーンという人がいた。

漆黒の王の馬と、葦毛のセルーンの馬は、美しい一対の生き物のように、ぴたりと足並みを揃《そろ》えて走っている。

もちろん他の兵もみな、素晴らしい馬に乗った素晴らしい乗り手で、隊列も整っている。

だが、そういうことではないのだ。

一隊の中で、王たち二人だけで美しい光に包まれているように、まるで別世界を駆けているように、浮き上がって見える。

途中、短い休憩を取ったときにも、その人は王にぴたりと寄り添い、無言で視線を合わせる様が、ため息が出そうなほど美しく完璧《かんぺき》な一対に見えた。

馬を並べる関係、誰よりも深く理解し合い、信頼し合う二人がともに馬を駆るというのは、こういうことなのだ。

オーリと兄が馬を駆る姿も美しいと思っていたが、記憶にあるその姿とはまた、何かが違う――どこがどうとは言えないが――と、ハワルは思った。

そのオーリのことを想うと、胸が苦しくなる。

あの、口付け。

あの瞬間どういうわけか、オーリはハワルを、ホロルと混同したのだ。

もともと顔立ちそのものはともに母似で、似ているると言われていた。

ただ、水晶のように硬質で透明な美しさのホロルと、春のように穏やかで優しい美しさのハワル、と。

それも子どもの頃のことで、「馬に乗れない」ハワルの容姿など、人々はもう褒めることもけなすこともしなくなっていたけれど……兄が亡くなった年齢に近付いてきて、オーリはハワルの中に、ホロルの面差しを見たのかもしれない。

それでも、あの口付けは嬉しかった、とハワルは思う。

哀《かな》しく、辛く、でも同時に嬉しかった、と。

こんなにも自分はオーリが好きなのだ。

自覚するずっと以前から……もしかしたら、ほんの子どものころから、オーリだけが好きだったのだ。

そのオーリが、今、危ない状況にある。

無事でいてほしい。

エレルヘグを信じ任せているとはいえ、まだまだ「乗りこなしている」とは言えないハワルは、ともすれば遅れがちになる。

そのたびに己の心を奮い立たせ、エレルヘグに負担がかからないよう馬体に動きを合わせ、矢のように草原を疾駆する一隊の中、ハワルはオーリのことだけを考えていた。

東との国境が近い場所で、一隊はようやく止まった。

三日三晩走り続けて、さすがの精鋭も疲れを見せている。

そこへ、三十騎ほどが土煙を立てて近寄ってきた。

近衛の数騎が王を守るように前に出るが、王が片手をあげて止める。

近寄ってきた人々の中の三分の一ほどは、ハワルが知っている顔だった。

族長……そして、父もいる。

「草原の王か」

族長が尋ね、王が頷くと、族長はさっと馬を下りた。

父や他の男たちもそれに倣《なら》う。

「先触れから話を聞いた。東の国に連れ去られた我々の部族の男たちを取り戻すために来てくれたというのはまことか」

「その通り」

王が頷き、自らもひらりと馬を下りる。

「私は、草原の民をまとめるために王を名乗っているが、民を支配したいのではない、力を貸してほしいのだ、草原全体を守るために」

族長は父や周りの男とさっと視線を交わし、そして地面に片膝をついた。

「それでは我ら五部族は、今日より王に従う。ここから先の、石沙漠越えの道案内をつとめたい」

「ありがたい」

王は頷き、それから族長に言った。

「あなたはハトーの族長だな。オーリも勇敢な男だが、そこにいる彼も、今回大変な働きをしてくれた」

さっとハワルのほうを振り向き、族長や父たちも同じように視線を動かして——

「ハワル！」

父が驚愕《きょうがく》して叫んだ。

「お前……馬に……」

「父上」

ハワルはエレルヘグから降り、父に近寄った。

「宿営地が襲われたあと、お前の姿がないので……殺されたものと……」

父が唇を震わせ、信じられない、といった瞳でハワルを見つめる。

「……ご心配をおかけしました」

ハワルは胸が熱くなるのを感じた。

父は、宿営地が襲われたあとのハワルの運命を、心配してくれていたのだ。

馬に乗れない息子に対しぎこちなく冷たい態度を取っているように見えながら、心配してくれていたのだ、と……今それがわかる。

その息子がどういうわけか、西からやってきた王の一隊の中に、しかも馬に乗っているのだから、父の驚きは想像がつく。

しかし詳細を説明する間もなく、族長と王が石沙漠越えの相談に入ったので、父も急いでそちらの話に加わった。

その間王の部隊は、馬に水と餌をやり、鞍を取って身体を拭《ふ》いてやり、それから自分たちも急いで食事をして、短い時間だが横になる。

ハワルもそれに倣い、たちまち眠りに落ちた。

「出発だ」

王の声が聞こえたのは、二刻ほど休んだ夕暮れ時だった。

石沙漠を避けて東の国の兵を追うにはふたつの道があり、東の兵の位置によっては、挟み撃ちできる可能性がある。

王は部隊を二つに分け、やや時間がかかるほうの道に半数を出発させた。

ハワルは王の近衛とともに、もう半分に加わる。

支度を調えてエレルヘグに跨がると、ハワルはエレルヘグの首を軽く叩いた。

「エレルヘグ、もうすぐオーリに会える。もう少し、頑張ろうね」

そう言いながらも……本当に、無事なオーリに会えるのだろうか、という不安は拭《ぬぐ》えない。

そのとき傍らから、静かな声がした。

「きっと会えます、彼は無事でいます、絶対に」

ハワルがはっとして声のほうを見ると、王と「馬を並べる」人、セルーンが自分の葦毛の馬に跨がり、ハワルの側にいた。

遠目で見ていたときには自分よりもかなり年上、という感じがしたのだが、こうして近くで見るとそれほど変わらないのだろうか。

ハワルと目が合うとにこっと笑い、それはハワルも思わず笑みを返してしまうような、人なつこい雰囲気だった。

「セルーン」

少し離れたところにいた王が彼を呼び、彼はハワルを力づけるように頷いて、王のほうへと去っていく。

きっと会える。

彼は無事でいる、絶対に。

ハワルはセルーンのその言葉が嬉しく、力づけられたように感じた。

そうだ、自分が信じなくては。

「出発！」

王の声が聞こえ……人馬は一斉に、東に向かって動き出した。

「いたぞー！」

先頭を走っていた先触れが叫ぶのが、ハワルの耳に届いた。

日は間もなく背後に落ちていこうとしているが、夜目がきく草原の民にはじゅうぶんな明るさだ。

そして、敵は今、広大な草地を横切って、その先の川に辿り着こうとしている。

もし敵の援軍が来るとすれば、あの川の向こうからだ。

その前に勝負をつければ——勝てる。

草原の軍は速度を増して、敵の背後に迫った。

こちらに気付いた敵後尾の歩兵たちが、たちまち混乱に陥るのがわかる。

「歩兵に構うな！」

王が叫んだ。

「進め、捕虜を見つけろ！」

今回の目的は、捕虜の奪還だけだ。

邪魔しないものは放っておけ。

王からあらかじめ、草原の兵に徹底して伝えられてあることだ。

ハワルもひたすら、敵の混乱の中に、捕虜の姿を探した。

オーリは、オーリはどこだろう。

しかしやがて、相手の騎兵が態勢を立て直して、歩兵の頭上で鞭《むち》を振るった。

「戦え！　敵を食い止めろ！」

その瞬間……ハワルの中で何かが閃《ひらめ》いた。

「歩兵は、首布を取れ！」

歩兵の中を疾走しながら、東の国の言葉で叫ぶ。

「歩兵は首布と武器を棄《す》てて散れ！　命令だ！」

日は暮れかかり、敵と味方が入り交じり、誰がその声を発したかなど特定できない状況の中、ハワルの言葉を東の騎兵の命令と思った……または思うことにしたらしい数人の歩兵たちが、東の兵のしるしである赤い首布をむしり取り、走り始めたのがわかる。

ハワルの意図を感じ取ったのか、草原の民で、東の国の言葉を話せる者たちが、同じように叫びはじめた。

「歩兵は首布と武器を棄てて散れ！　命令だ！」

それに従う歩兵が次第に増え、四方八方に散り始める。

「歩兵は散れ！」

ハワルはさらに叫んだ。

「草原の民は、歩兵に用はない！　歩兵とは戦わない！」

その言葉にどれだけ効果があるのかはわからないが、とにかく叫ぶ。

「待て、違う、歩兵は留《とど》まれ！」

歩兵の動きに気付いた敵の騎兵が慌てて命じるが、一度流れ出した水が止まらないように、歩兵の離反は加速していく。

やはり……東の歩兵は、農民などの普通の民は、戦いたくなどないのだ。

そして、オーリはどこだろう。

敵の騎兵が、刀を振り上げてハワルに向かってきたので、ハワルはすれ違いざま上体を伏せて刃を躱《かわ》し、離れた。

その瞬間、エレルヘグがいきなり止まり、前足を上げた。

ぎょっとしてハワルが下を見ると——一人の歩兵が、エレルヘグの足元にいた。

恐怖に引き攣《つ》った顔は、ユイ——ミンの父……！

踏んでしまう！

ハワルの全身にざっと恐怖が走った。

踏んでしまう、ユイを死なせてしまう……！

だめだ。

馬を止めなくては。

その瞬間、ハワルの頭の中に、一つの声が響いたような気がした。

(馬に任せるんだ！)

オーリの声。

ハワルは強く引き絞りそうになっていた手綱を、固まる指をこじ開けるように、放した。

一瞬後、エレルヘグはユイの身体を避けて、前足を地面に下ろしていた。

ハワルの背中にどっと汗が噴き出す。

踏まなかった。

踏まずにすんだ……！

「ハワルさん！」

ハワルに気付いたユイに、片手を差し出す。

「乗って！」

小柄なユイの身体は軽く、引っ張り上げたハワルの後ろに、ユイはおさまった。

そこへまた、敵の騎兵が刀を振りかざして駆け寄ってきたので、急いで反対方向へ馬首を向ける。

「オーリを……捕虜を探しているんです！」

馬を駆りながらハワルが叫ぶと、

「捕虜は、前にいます！」

ユイが叫び返す。

「三番隊が囲んでいます、右翼の――」

ハワルには、ユイの使っている、東の軍隊用語がよくわからない。

「どっち？」

「あっちです！」

ハワルは敵兵の中をユイが示す方角に走った。

敵兵が前方から塊になって向かってくる。

ハワルの動きに気付いたのか、草原の兵が後を追ってくる。

ハワルは刀を抜き、右手で闇雲に振り回し、数度手応えを感じたような気もしたが、後から後から敵は現れる。

挟み撃ちにするはずの味方の半数は、まだ現れないのだろうか。

そう思ったとき。

「新手だ！」

東の兵が叫んだ。

北から、地響きのように、騎馬の群れが迫ってくる音が聞こえる。

味方の半数が、今、来たのだ。

横から新手に襲われた東の兵は、あっという間に崩れた。

そして――視界が開けたハワルの目に、五、六人の騎馬の兵に、前に進むよう追い立てられている、徒歩の男たちが見えた。

草原の男たちだ。

「いたぞ――！」

ハワルが叫ぶと、後をついてきていた草原の兵たちが、東の兵に襲いかかった。

「馬から落とせ！　馬を奪え！」

誰かが叫び、草原の兵は、東の兵を馬上から叩き落とすように刀を振るう。

そして……ハワルは、縄で繋がれている十人ほどの男たちの中に、オーリを見た。

「オーリ！」

ハワルが叫ぶと、はっと顔を上げる。

その顔は、ひどく殴られたのだろう、痣《あざ》と腫《は》れでひどいことになっている。

髪は乱れ、着ているものはぼろぼろだ。

どれだけひどい目に遭わされたのか。

それでも、生きていた。

生きていてくれた。

捕虜たちの横で馬を止めると、後ろに乗っていたユイが、馬から滑り降りた。

懐から小刀を出して捕虜を繋いでいた縄を断ち切ると、その小刀を捕虜の一人に渡し、ハワルを見上げる。

「私は逃げます！」

ハワルが返事をする間もなく、ユイは迫り来る夕闇の中に走り去っていた。

オーリがハワルを見上げたとき、捕虜の一人が一頭の馬を捕まえた。

「オーリ、これに乗れ」

見回すと、草原の男たちは次々に、東の兵が落とされた馬を捕まえて飛び乗っている。

オーリが馬に乗ると、誰かが刀を差しだした。

「武器だ」

これも東の兵から奪ったものらしく、捕虜たちはたちまち馬上の兵に変身する。

しかしハワルは、右利きのはずのオーリが左手で刀を受け取ったことに気付いた。

右手は、手綱を束ねて持っているだけだ。

ともに逃げたとき、右肩に矢傷を負ったせいだ、と瞬時に悟り……ハワルはオーリの右隣にぴったりと馬をつけた。

オーリの右は、自分が守る。

その決意を込めてオーリを見ると、オーリは目の周りに痣のできた顔で、にっと嬉しそうに笑い、頷いた。

「捕虜は奪還した！」

「戻るぞ！」

声が響き渡り、二人は並んで馬首を西に向けた。

二方向から挟まれ恐慌を来したとはいえ、東の騎兵たちはまた態勢を立て直して襲いかかってこようとする。

今はとにかく、敵を倒すのではなく、無事に国境の向こうに戻ることだ。

あたりは完全に日が落ち、夜目が利く草原の民が有利なのは明らかだ。

ハワルは右手で、オーリは左手で刀を振るい、手応えがあろうとなかろうと、わずかにひるんだ敵兵の隙間を縫って、二人は馬を駆った。

前方からは味方の援護の矢が飛んできて、道を作ってくれる。

やがて敵兵の数は減り、捕虜になっていた男たちが乗る馬を、王の兵が包むように囲み、一隊が全速力で駆け出すと、敵兵の気配は退き――

そしてハワルは、不思議な感覚を覚えていた。

オーリと自分が、ぴったり同じ動きをしているような。

前方を見据え、オーリのほうに視線を向けていないのに、オーリの動きがわかる。

自分はエレルヘグに乗り、オーリは奪ったばかりの敵の馬に乗っているのだが、馬の歩幅も足並みもぴったりと揃っている。

まるで宙を飛んでいるかのように、軽やかに。

周囲の景色も味方の兵たちも見えなくなり、ただただ暗い草原を、オーリと二人きりで同じ場所を目指して走っているのだと――

ハワルは、胸が熱くなるのを感じた。

誰かと「馬を並べる」というのは、こういうことなのだ。

オーリの息づかいや体温や鼓動だけでなく、助け出され草原へ戻るオーリの歓喜や興奮さえ感じ取れる。

心から信じ、頼り、頼られる存在だからこそ、こんなふうに走れるのだ……！

それがオーリであることが嬉しい。

もし今この瞬間、オーリが、隣を走る自分を兄のホロルだと錯覚しているのだとしても。

もう二度と、こんな瞬間は訪れないのだとしても。

今というときを、オーリと馬を並べて走った事実を、自分は決して忘れないだろう。

視界が涙で曇るように感じながら、どれだけ走っただろう。

「国境を越えたぞ――！」

誰かが叫んだ。

「敵は？」

「追ってこない」

いくつかの声が聞こえ……そして、

「並足！」

号令が響き渡り、一隊は馬の速度を緩めた。

ハワルを包んでいた不思議な陶酔感はすうっと消えていく。

「ここで野営か？」

「我らの部族の宿営地が、近くに」

そう答えているのは、族長だろうか。

ハワルはそっと、傍らのオーリを見た。

同時にオーリもハワルを見る。

夜目には痣や傷は目立たず、ただ、オーリの明るい表情だけがわかった。

その瞳が……優しく笑みを含んだ瞳がきらきらと光っている。

「ハワル」

オーリが目を細め、優しくハワルを呼んだ。

「お前は……素晴らしい乗り手だ」

ハワルの胸が詰まった。

ホロルではなく、ハワルと……オーリが、ハワルをハワルと認め、そして素晴らしい乗り手だと言ってくれた。

それではオーリも、二人で馬を並べたあの陶酔感を、一緒に感じてくれていたのだろうか。

その瞬間、ずっと張り詰めていた気持ちがふっと緩んだような気がして……

じゅうぶんだ……オーリにそう言ってもらえただけで。

「ハワル……おい、ハワル？」

急に、オーリの声が慌てたようなものになったが、その声がすうっと遠ざかっていくように感じる。

オーリの顔もぼやけていく。

自分はどうしたのだろう、と思いながら——

ハワルは意識を失っていた。


目を開けると、幕屋の天井が見えた。

煙出しの穴から見えるのは、明るい青空だ。

今はいったい何時なのだろう、ずいぶんと寝坊をしてしまったのだろうか。

それに、この幕屋は一人で暮らしている自分の幕屋ではない。

どこだろう。

身体を起こそうとすると、思いがけなく全身がきしんで痛んだ。

「う……」

思わず声をあげると、

「ハワル、起きてはだめよ」

聞こえたのは、母の声だった。

すぐに視界に、母の顔が入ってくる。

「母さま……」

呼んでから、母の顔を最後に見たのは、宿営地が襲われたときだと思い出した。

「無事で」

よかった、と言おうとしたが、声が掠れている。

「まだ寝ていなさい。お前はおそろしい行程の往復をこなしたのよ。全身ががたがたよ」

母は穏やかにそう言って、ハワルの額に手を当てる。

「熱は下がったようね。もし何か食べられそうなら少し食べて、そしてまた眠りなさい」

そうか、すべては無事に終わったのだ、とハワルは思った。

確かにハワルは、慣れない馬に乗り、行きに三日三晩、戻りに三日三晩、途中の短い休憩と、王に報告した後の三刻ほどの休息以外、休みなしに走り続けていたのだ。

そして国境を越えたあと、おそらく気絶して、そのまま宿営地の母のもとに運ばれたのだろう。

母が身体を支えて上体を起こしてくれ、スープの入った椀を渡してくれたので、ハワルはそれを片手で持とうとしたが力が入らず、慌ててもう片方の手を添えた。

実のない金色の透明なスープは、大麦と羊肉と薬草を煮出した滋養のあるもので、子どもの頃熱を出すと母が作ってくれた懐かしく優しい味だ。

立て続けに二杯を飲み干し、ハワルはまた横になった。

腹の中からじんわりと全身に、温もりと力が染み渡っていくようだ。

「……頬の傷は、残るかもしれないわね」

母はハワルの顔を見つめて言った。

頬の傷……頬を掠めた矢がオーリの肩に刺さった、あのときの傷のことか。

「それでも……大きな怪我がなくてよかった」

母がため息をつく。

「あちこちに打ち身や切り傷があったし、革鎧の背中は刀で切られていたのよ。もう少し刀が近ければどうなっていたか」

あの混乱した戦いの中で、そんなふうに危うい瞬間があったのかどうかも思い出せない。

だが自分がそれだけ細かい傷を負ったのなら、オーリはどうだっただろう。

「……ほかのみんなは、無事ですか」

オーリのことだけを尋ねるのがどうしてか躊躇われ、ハワルは母にそう尋ねた。

「ええ、みんな無事よ」

母は頷く。

「怪我をした人たちはみな手当を受けて休養しているわ。王さまや他の部族との話し合いがあるとかで、族長もお父さまも大忙し。王さまは若いのに素晴らしい方ね。その王さまがお前を褒めてくださったので嬉しいわ」

王が自分を褒めてくれた……それは確かに嬉しい、名誉なことだ。

だが……オーリは？

母はハワルの心中を知るよしもなく、もう一度額に手を乗せる。

「さあ、いいからもう一度お休みなさい」

ハワルがおとなしく目を閉じると、身体は、心を置き去りにして必要としている眠りにすとんと落ちていった。


次に目を覚ましたときには、父が近くにいた。

「ハワル、お前は自慢の息子だ、よくやった」

父は誇らしげだった。

「我らの部族も、王のもとで他の部族とひとつになることを決めた。我らが最後だったのだ、これで完全に、草原はひとつの国になる。お前も、部族の誇りである若者の一人として、これからなすべきことは山ほどあるだろう」

父がこれほど上機嫌でハワルに話しかけてくれるのは、子どもの頃以来だ。

馬に乗れないとわかってから、父はいつも不機嫌で哀しげだった。

それをハワルはいつも申し訳ないと感じていた。

草原の男として、「馬に乗れない」息子を持ってしまった父の苦しさを、ハワルは理解していたから、今その父の苦しみを取り除けたことは嬉しい。

本当の意味でようやく自分は父の「息子」になれたのだと思う。

「さあ、ハワルは栄養をつけないと」

母が今度は肉の入ったスープや、チーズ、パンなどを食べさせてくれる。

寝ている間に母がある程度身体を拭き清めてくれていたらしいが、さすがに子どもではないので下着を脱がせることまではできなかったらしく、ようやく自分で全身を拭うことができてさっぱりする。

ハワルが目覚めたと知って、男たちが入れ替わり立ち替わり訪ねてきた。

これまでハワルにどう接していいかわからずにいたらしい部族の男たちだ。

みな祝いを言い、ハワルの今回の行動を褒めてくれる。

一緒に遠乗りに行こう、と誘う男も何人かいる。

族長も見舞いに来て、ハワルをねぎらってくれた。

起きて幕屋の外に出ると、部族の若い娘たちが別な幕屋の陰からハワルをのぞき見て、なにやら楽しげにこそこそ言い合い、ハワルと目が合うと「きゃ」と声を上げて逃げ出したりする。

それらがすべて……自分が「馬に乗れる」ようになったからだ、ということをハワルは理解していた。

周囲の世界は、これまでとがらりと変わってしまった。

喜ぶべきことのはずなのに、ハワルはどうしてか、それが寂しい。

草原の男として馬に乗れるか乗れないかというのは、一生を左右する一大事だ。

だがそれを克服したからといってハワル自身がこれまでと「別な人間」になったわけではないのに。

そんなおかしな不満を持つべきではないとわかっているのに、ハワルの心は日が経《た》つにつれて重くなるばかりだ。

そして……鬱々として気持ちが晴れない一番大きな原因は、オーリがいっこうに姿を現さないためだということも、わかっていた。

オーリはどうしてしまったのだろう。

外に出た日、ハワルは思いきってオーリの幕屋まで行ってみた。

誰もそんな話はしていなかったが、もしかしたら怪我が重いか、病でも得ているのでは、と不安になったからだ。

だが幕屋には誰もいなかった。

子どもたちが数人通りかかったので手招くと、駆け寄ってくる。

「ハワルだ！　もう起きられるの？」

「ハワルは英雄だって、父さんたちが言ってるよ！」

ハワルは苦笑して首を振った。

「英雄なんかじゃないよ。それより、オーリはどこにいるか知ってる？」

子どもたちは顔を見合わせた。

「オーリはねえ、都に行ったって」

「そうそう、おーさまについてねえ、都で何か、お役目につくんだって」

子どもたち自身、言い慣れない「都」「王さま」「お役目」という言葉の意味がよくわかっていないような雰囲気だ。

だがそれでもハワルには理解できた。

オーリは、都に戻る王についていってしまったのだ。

つまりオーリの怪我は重傷ではなく、都に行けるくらいに元気だということなのだろうが、お役目につく、ということは、王の側で仕事を与えられる、つまり都で暮らす、もう戻っては来ない、ということなのだろうか。

王の、オーリに対する信頼を思えば、それは当然のことなのかもしれないが……オーリはハワルに何も告げずに、行ってしまったのか。

もちろん、オーリがハワルに別れを告げるべき義務などない。

それでもハワルは、オーリがハワルに「お前は素晴らしい乗り手だ」と言ってくれた瞬間を、何か特別なことのように覚えている。

兄ではなくハワル自身を認めてくれたのだと。

あの、二人でぴったりと馬を並べて走った一体感を、オーリも感じてくれたのだと。

そこから、何かがはじまると期待していたわけではない……いや、期待してしまっていたのだろうか？

だから自分はこんなにも、失望しているのだろうか？

ハワルにはもう、自分の気持ちもよくわからない。

だがとにかく、オーリは行ってしまった、それだけは事実なのだ。

呆然とオーリの幕屋の前に立っていると、一人の子どもが走ってきた。

「ハワル、お父さまが探してる」

何かあったのだろうか、とハワルが急いで両親の幕屋に戻ると、幕屋の前に父が立ち、一頭の、栗毛の馬の手綱を持っていた。

ハワルははっとした。

たてがみが黒く、額から鼻筋に白い星が斜めに流れ、足の先が一本だけ白いのが特徴的な、美しい馬。

エレルヘグだ。

疲れた様子はなく、毛並みは艶《つや》やかだし足取りも軽やかで、丁寧に世話を受け元気いっぱいなのがわかる。

しかし、どうしてエレルヘグを父が連れているのだろう？

オーリは都にエレルヘグに乗って行ったのではないのだろうか？

それともオーリが戻ったのだろうか？

だがそれならどうして父が、エレルヘグだけを連れているのだろう。

「父上……何か」

戸惑いながらハワルが尋ねると、父は満面の笑みを浮かべた。

「お前に、お前の馬を渡そうと思ったのだ」

「え」

どういう意味だろう、と返事をできずにいると父が続ける。

「オーリからお前に、エレルヘグはもともとホロルの馬だったのだから、お前が乗るべきだと……お前にふさわしい馬だから、と返してよこしたのだ」

「え……」

ハワルは絶句した。

エレルヘグを、ハワルに……くれた、ということなのか。

父は嬉しそうに続ける
「オーリには代わりに、別な馬を贈った。うちの黒鹿毛《くろかげ》のウールだ。オーリが以前あれを褒めていたからな」

父の黒鹿毛、「風」を意味する名のウールは、確かにエレルヘグよりもがっしりした馬で、オーリの体格にはエレルヘグよりも合っているのかもしれない。

だが……オーリはどういうつもりで、エレルヘグをハワルにくれたのだろう。

オーリはエレルヘグに乗ることで、兄のホロルと、ハワルの家族と、どこかで繋がりを保っていたように思う。

それを……断ち切った、ということなのだろうか。

「ハワル、乗って見せてくれないか」

父はハワルの複雑な気持ちには気付かぬふうで言った。

「それと、これは私からお前へ贈るものだ」

それは一本の、新しい乗馬鞭だった。

馬を実際に鞭打つというよりは、鞭を持ち歩くことは「自分の馬を持つ大人の男」の象徴であり、父から息子へ贈る鞭は、その子が大人になったと認める、特別な贈り物だ。

父はようやくハワルに鞭を贈ることができて、嬉しそうだ。

そして、ハワルが馬に乗るところをあらためて自分の目で見たくもあるのだろう。

ハワルは実のところ、あの「オーリを助ける」という感情に突き動かされたときと違い、今の自分が本当に乗れるのだろうか、という一抹の不安はある。

だが、エレルヘグの背に乗ると、その不安は消し飛んだ。

エレルヘグは落ち着いて立っており、手綱を握ると、その手綱を通して互いへの確固たる信頼が伝わる。

「ハワルが乗った！」

「ハワルが馬に乗った！」

子どもたちが歓声をあげ、大人たちもその姿を見ようと近寄ってくる。

ハワルが軽く一回転させてやると、エレルヘグは今にも走り出したくてうずうずしているように馬体を揺すった。

「エレルヘグもお前を待っていたのだ、少し運動させてやれ」

父がそう言うと、周囲に集まっていた男たちの中から、

「一緒に遠乗りに行かないか」

「馬を連れてくるから」

そんな声がいくつかあがったが、ハワルは首を振った。

「とりあえず……一人で、走ってきていいですか」

「もちろんだ」

父が満足げに頷く。

「好きなだけ、エレルヘグと走ってくるがいい」

それは、新たな馬を手に入れた男の権利だ。

馬と一対一で対話する時間を持つのだ。

強行軍をともにしたエレルヘグと今さらその時間が必要だとも思わないが、これはひとつの儀式であり、一人になりたいと思ったハワルは、ただ頷いた。

脚に軽く力を入れる。

エレルヘグには蹴りも鞭も必要ない。

軽やかにエレルヘグは歩き出し、宿営地を出るとハワルが望むまま、たちまち速歩から駆け足になった。

空は晴れ渡り、風は心地いい。

何かの目的に向かってひたすらに走るのではなく、こうしてただあてどなく遠乗りをすることの、なんと心地いいことか。

こうしてエレルヘグと草原を駆けていると、確かに自分は草原の男なのだ、どうしてこの心地よさを拒否してこれまで生きてこられたのだろう、とさえ思う。

だが同時に、足りないものがあることも、ハワルにはわかっていた。

馬を並べてともに駆ける存在。

オーリとのあの一体感を味わったあとで、一人で駆けていると、何かが足りないと感じる。

そしてきっと、他の誰と一緒に駆けても、あの気持ちにはなれないということも。

オーリでなくてはだめなのだ。

だがオーリはいない。

ようやく馬に乗れるようになったのに……その馬を並べたい人が、いない。

馬に乗れないハワルのもとを、オーリは何かと口実を設けては訪ねてくれた。

亡くなった兄の弟である自分に同情してくれているのだと思い、それを辛く感じ、迷惑な顔を見せていた間も、本当はずっと嬉しかったのだ、オーリが気にかけてくれることが。

そのオーリを、失ってしまった。

どうしてオーリが何も告げずに都に旅立ってしまったのかわからないが、それでもそこには、オーリの確固たる意思があるのだ、と思う。

オーリはもう、ハワルを気にかけてはくれない。

何かを得て、より大きな何かを失ったのだ。

そう思った瞬間、ハワルの胸に、言葉にできない痛みが突き上げ――

ハワルは、エレルヘグのたてがみに、突っ伏すように顔を埋《うず》めた。

「……っ」

涙が溢れてくる。

エレルヘグはそのハワルの気持ちを理解しているかのように、草原の真ん中に、じっと立っている。

「オーリ……」

ハワルはオーリを呼んだ。

「オーリ……オーリ、オーリ……っ」

幾度もその名を口にしたとき……
(ハワル)
声が、聞こえたような気がした。

ハワルを素晴らしい乗り手だと認めてくれたときの、オーリの声が。

オーリが自分の名前を呼んでくれたどのときよりも嬉しかった、あの声が。
(ハワル)
もう一度……今度は、もっとはっきりと、明るい声で。

ぴくりとハワルは身を震わせ、そして、顔をあげた。

「ハワル！」

声のしたほう——宿営地の方角から、一頭の馬が駆けてくる。

遠目には黒い馬と見えたが、すぐに、黒っぽい赤茶色の……黒鹿毛の馬だとわかる。

父がエレルヘグと引き替えにオーリに贈った馬。

そして乗っているのは——オーリだ。

ハワルが自分に気付いたと見て取ってか、片手をあげて大きく振り、馬を走らせてくる。

一瞬ハワルは、逃げ出したい、と思った。

だがエレルヘグに指示する間もなく、オーリは側まで来て馬を止める。

「ここにいたのか」

オーリは白い歯を見せた。

その、なんの邪気もない明るい笑みに、ハワルはどういうわけか無性に腹が立つのを感じた。

自分がこんなにオーリのことで悩んでいるのに……オーリときたら、まるで今朝別れたばかりのような顔をしている。

「お……どうした」

オーリが驚いたように眉を上げたのは、ハワルのそういう複雑な気持ちに気付いたわけではなく。

「……泣いていたのか？」

オーリの手がすっと伸びてきて、ハワルの頬を指でなぞる。

「なっ……」

その瞬間、触れられた部分がかっと熱くなったような気がして、ハワルは思わずのけぞってその手から逃れた。

「どうした、何かあったのか」

オーリは本当に何もわからない、という顔でハワルを見る。

「――オーリが！」

気がついたときには、ハワルの口から言葉がほとばしり出ていた。

「黙っていなくなって……戻るのかどうかもわからなくて……オーリには僕の気持ちなんて――」

自分が何を言おうとしているのかに気付いてハワルが慌てて口を両手で覆ったときには、オーリの顔に照れくさそうな満面の笑みが広がっていた。

「俺がいなくなって、寂しいと思っていたのか。それで、泣いていたのか？」

「ち、ちがっ……」

そんなふうに単純な言葉にされてしまうと、自分が悩んでいたことが、底の浅い、軽い問題にされてしまうような気がする。

しかしオーリはふっと真面目《まじめ》な顔になった。

「都でしなくてはいけないことがあって王についていったが、お前が起きられるようになるまでに戻るつもりだった。具合はもういいのか」

ハワルは黙って頷いたが、同時にじわじわとどうしようもない恥ずかしさが込み上げてくる。

オーリがいなくなって泣いていたと思われてしまった。

オーリはすぐ帰ってくるつもりだったのに。

考えてみると、都に行ったきりになるのなら、幕屋を畳んで荷物を全部持っていったはずなのに、そんなことにも気付かなかったのだ。

「……ハワル」

オーリがハワルを呼んだ。

「ハワル、俺を見ろ」

優しく、どこかからかうように、甘い声で。

まるで子どもをあやすようだ、とハワルは感じ、自分とオーリの間にある温度差のようなものがたまらなくなって――

「もういい！」

思わず叫んでいた。

「もうオーリと話したくない、顔も見たくない！」

そう叫んでエレルヘグに跨がる脚に力を込めた瞬間、

「待て」

オーリがハワルの腕を摑んで引っ張った。

エレルヘグは構わず歩き始めてしまい、ハワルの身体だけが残ってぐらりと傾ぐ。

「え、あ」

「おい」

オーリがハワルの腕を摑んだまま、自分もハワルのほうに乗り出すように身体を傾け……

そのまま二人は、ずるずると二頭の馬の足元に落ちた。

馬たちはふざけ合っているとでも思ったのか、二人を踏まないように数歩両側に離れ、それから一緒にゆっくりとその場から離れていく。

やわらかい草の上に、オーリを下敷きにするように落ちたハワルは慌てた。

「な、何を――怪我は」

矢傷が本当に癒《い》えているかどうかもわからないのに、オーリは何を考えているのだ、と思いながら身体を起こそうとしたが……

オーリは逆に、ハワルの腰に腕を回すようにしてごろりと身体を入れ替え、その場にハワルを組み敷いてしまった。

真上から、ハワルを見下ろすオーリの顔。

雲ひとつない青い空を背景に、少し困ったようなオーリの瞳が近い。

オーリの吐息も……そして唇も。

ハワルに重みをかけないようにしながらも、全身でハワルに覆い被《かぶ》さるようにしているオーリの身体も。

そう意識した瞬間、ハワルの全身がかっと熱くなった。

頬も、耳も、すべて。

「……ハワル」

オーリの声は、低く、優しく、甘い。

顔がさらに近付くのがわかっても、ハワルは全身が痺れたようで、身じろぎもできない。

そして、唇が重なった。

少し乾いたオーリの唇が熱っぽく押し付けられる。

どうして。

どうしてオーリはこんなふうに自分に口付けるのだろう。

この前の、二人で逃げているときの口付けも、同じように優しかった。

兄と自分を混同しているのだとわかっていても……嬉しかった。

あの口付けのことは、あの場限りのこと、それでも、それをよすがにオーリへの想いを抱えて生きていける、とすら思ったのに。

オーリはひどい。

そう思った瞬間、ハワルの目尻から涙が溢れて耳のほうに落ちていった。

「……ハワル⁉」

それに気付いたオーリが顔を離し、慌てたようにハワルを呼ぶ。

「ハワル、どうして泣くんだ」

ハワルは両腕で自分の顔を覆った。

「……自分が、馬鹿だから」

そんな言葉が勝手に口から零《こぼ》れる。

「兄さんの代わりだとわかっていても……オーリのことを好きな自分が馬鹿だと思うから」

言ってしまった。

「え……」

オーリが絶句したのがわかった。

ようやく、自分がハワルをホロルの代わりにしていたことに気付きでもしたのだろうか、とハワルが思ったとき。

「おい、ハワル、それはどういう意味だ」

オーリが強い口調で言って、顔を覆っているハワルの腕を掴んでどけた。

眉を寄せた、訝しげな顔。

「兄さんの……ホロルの代わり？　なんの代わりだ？」

「なんの、って」

ハワルは怒りと戸惑いとどちらが大きいのかよくわからない。

「僕のことを……兄さんの……だから」

「俺が」

ようやくハワルの言いたいことを理解して、オーリの顔に驚愕が広がった。

「俺が、ホロルの代わりにお前に口付けてるって⁉　俺とホロルが――」

呆然として口をぱくぱくとさせ、それから身体を起こして座り、掌《てのひら》で額を支えるようにして大きなため息をつく。

「まさかお前がそんな……俺はずっと、お前だけを大事に思ってきたっていうのに」

「え……あの」

ハワルも戸惑いながら上体を起こした。

オーリはもう一度大きく息をつき、それから真剣な目でハワルを見つめる。

「俺とホロルは、そんな関係だったことは一度もない」

「一度もない⁉」

そんな馬鹿な、とハワルは思った。

「だって、兄さんとはずっと……馬を並べる関係で……」

オーリは慌てたように首を振る。

「それはそうだが……『馬を並べる関係』ではあっても、唇を、身体を重ねたいと思うような関係じゃない。馬を並べて走ると心地いい、本当に親友だったんだ」

ハワルは呆然とオーリを見た。

オーリと兄は……「馬を並べる関係」だったが、身体を重ねる関係ではなかった……？

もちろん「馬を並べる関係」がすべて、身体の関係を伴うものではない。

兄弟以上の親友関係の二人が、より密接な関係の証《あかし》としてそうなることもあるというもので、傍《はた》からは二人の関係がどれくらい深いのかはわからないし、そんなことは他人が詮索するものでもない。

だが、兄が死んだ後、オーリが誰ともそういう関係にならず、結婚もせずにいたのは、兄との関係がそれだけ深かったからだとハワルは思ったし、周囲の人々もみなそう思っていたはずなのだ。

それなのに……

「本当に、兄さんとは……」

「あいつと俺は、近すぎたんだ」

オーリは言った。

「それこそ物心ついたときから一緒に駆け回っていて、一緒に悪さをして、一緒に怒られて、馬に乗り始めるのも、羊を一頭さばいたのも、ほぼ同時だった。あいつは俺のことがよくわかっていたし、俺もあいつのことがよくわかっていた。それだけに……なんというか」

片頬で、ちょっと照れくさげに笑う。

「年頃になってそういう欲求が出てきてからも、お互いをそういう目で見るのは……なんというか笑ってしまうような感じで、全然そうはならなかった」

そう言われると……オーリと兄はそういう感じだったかもしれない。

からりとした、あっけらかんとした親友関係。

幼いハワルには、颯爽《さっそう》と馬を並べて駆ける二人の姿が雄々しく美しく見えていたが……それは二人の技量が釣り合っていたから当然のことだ。

王とセルーンという一対のことを思い出すと、ああいう、二人だけが周囲から切り離されたような特別な空気の中にいる、という感じではなかったのかもしれない。

「でも、だったら、どうして……」

ハワルは混乱していた。

「兄さんと、そういう関係じゃなかったのなら……どうして、僕にこんな」

口付けなど、するのか。

声にしなかった疑問をオーリは読み取り、そして呆《あき》れたように言った。

「だから言ってるだろう、お前のことがずっと好きだったからに決まっている」

好き……ずっと好きだった……オーリが、自分を？

先ほど言った「ずっと大事に思ってきた」というのは、そういう意味で……？

固まってしまったハワルを見て、オーリは自分の髪をぐちゃぐちゃにかき混ぜた。

「気付いてなかったって⁉　あんなふうに――」

すっと真面目な顔になり、ハワルを見つめる。

「あんなふうに馬を並べて走ったのに？　少なくともあの瞬間、俺は、お前も同じ気持ちでいてくれているんだと確信した。『馬を並べる関係』と言ったって、あんなふうに心と身体、すべてはひとつになって一緒に駆けることができる存在など、そうはいないはずだ。そう思わないか？」

ハワルは、オーリの瞳から目がそらせないように感じながら、目を潤ませた。

そうだ、あの瞬間、自分たちは一つだった。

大勢の中で、混乱の中で、馬を走らせながら……二人は確かに一体になり、二人だけの世界で馬を走らせていた。

あれは……あれは、自分とオーリが、同じ気持ちで互いを想っていたからだった。

今ならわかるその真実を、どうして自分は理解できなかったのだろう。

「僕は……僕は……てっきり、オーリが兄さんを……だから……」

その思い込みが、目を曇らせていたのだろうか。

それでもハワルにはまだわからない。

「オーリは……どうして、こんな僕を……」

「お前だからだ」

オーリが目を細め、すいと片手を伸ばすと、掌でハワルの頬を包んだ。

「そもそもお前が赤ん坊のときに、ホロルがあやしても泣き止《や》まなかったお前が、俺が抱っこしてやった途端に泣き止んで笑ったんだ。あのとき俺がホロルに『この子は俺がもらう』と言ったら、ホロルが『大きくなって、この子がお前のところに行くと言ったらやるよ』と答えた、あそこからはじまったんだ」

「そ……」

思わぬ時点まで遡《さかのぼ》られて、ハワルはどう反応していいのかわからない。

「そんな……赤ん坊のころの……」

「それくらい昔からというか、最初から、俺はお前を見てたってことだ」

オーリが笑う。

「俺たちについてくるお前がかわいかった。大人たちは俺とホロルを一対のように見ていたが、実のところ、俺たちはお前も入れて三人で一組だったんだ、最初から」

確かに、物心ついたときには、何かというとオーリと兄について回っていたのは確かだ。

それでも……それは「弟」を見る視線とどう違ったというのだろう。

ハワルだって幼い頃は、ただただオーリと兄、二人を同じように慕っていたはずだ。

それがどこで「恋」になったというのだろう。

声にしなかったはずのその問いが聞こえたかのように、オーリは微笑《ほほえ》んだ。

「この前……東の軍から逃げているときに、言いかけたことがあった。春に見る、花の話」

覚えている。

あの……口付けのあとで、オーリは遠い昔、草原で、春の最初に見る花の話をしかけたのだ。だがそのとき「ホロルが俺を追い越して」と言ったので、てっきり自分を兄と混同し、兄との思い出を語っているのだと思ったのだが。

「僕は……その話は……知らない」

「知らないんじゃなくて、覚えていないんだな」

オーリはちょっと残念そうに肩をすくめる。

「三人で、草原に春の最初の花を探しに行こう、と言っていたんだ。そして俺が……別に意味もなく、最初の花を見つけたら誰に話したい？　誰に見せたい？　と二人に尋《き》いた」

瞳に、そのときを懐かしむ優しいいろが浮かぶ。

「ホロルは、そのとき一番好きな相手に、と言った。俺も、そう思った。別に具体的な相手がいたわけじゃない、誰だってそんな問いにはそう答えるものだと思っていたんだ。そしてホロルが『大事なのは、誰が一番最初に見つけるかだ』と俺たちを追い越して走って行ってしまったが、俺はお前の答えを聞きたかった。そしてお前は」

なんと答えたのだろう。

「誰にも言わない、花はそっと、内緒で咲いていたいかもしれないから、黙ってそこを離れて僕も忘れるんだ、と」

そんなことを言ったのか、とハワルは恥ずかしくなる。

子どもなりに、兄たちとは違うことを言おうと考えた結果ではないのかとも思う。

しかし……オーリは真剣な顔になった。

「俺にとって、その答えは驚きだったんだ。両親に見せるとか、部族のみんなに知らせるとか、または自分だけの秘密にしておくとか、それくらいの答えなら俺にも想像できた。だがお前は、花のことを思って、自分も忘れてしまうと……それは俺には考えもつかない答えだった。それで俺は思ったんだ……お前は俺と違う考え方をする、俺に足りないものを持っている人間なんだと」

たかだか子どもの思いつきをそんなふうに受け取ったのかと思うと、ハワルは恥ずかしい気持ちにしかならない。

「そんなの……たったそれだけの……」

「それでも」

オーリは首を振る。

「それでも俺にとっては驚きだったし、お前が大人になったら、どれだけのことを話し合えるだろう、と……お前の中の、俺にない部分を知りたい、知って全部俺のものにしてしまいたいと、そんなふうに思ったんだ。だが」

オーリの顔がくもる。

「いろいろなことを語り合えるようになる前に、お前は……」

馬に、乗れなくなった。

あれで、何もかも変わってしまった。

オーリと兄が、励ましてくれたのはよく覚えている。

二人とも優しかった。

その優しさがハワルには辛かった。

「ハワル」

オーリの手が再び伸びてきて、ハワルの肩を抱き寄せる。

「……俺とホロルは、お前があのまま宿営地で冷たい視線にさらされて生きることが辛そうなら……どこか遠くの放牧地を任せてもらい、お前を連れて三人で暮らそうか、とも考えていたんだ」

ハワルははっとした。

オーリと兄は、そんなことを考えてくれていたのか。

二人とも部族の若者の中で特に期待される優秀な男で、ホロルに至っては族長の養子に、という話すらあったくらいなのに。

そんな二人が、自分のために、遠くの放牧地でひっそり暮らそうとまで思ってくれていたのか。

「知らなかった……」

ハワルの喉《のど》が詰まった。

「そうだな、お前には言わなかった」

オーリは、ハワルの肩を抱き寄せたまま、髪の先を指に巻き付けながら静かに言った。

「すぐに、それは必要ないとわかったから」

必要ない……？

オーリは淡々と続ける。

「大人があたふたしている間に、お前は子どもながらに自分の運命を受け入れ、自分にできることを見つけて、毅然《きぜん》と生きていこうとしているのがわかった。そんなお前が、俺にはどれだけ眩しかったか」

そんな崇高なことだっただろうか。受け入れたというよりは、本当に馬に乗ることが怖くて、無理だとわかって、諦めただけのことだったのではないだろうか。

だがオーリはそんなふうに受け止めていてくれ、そして……

「兄さんがいなくなったあとも……オーリだけが、僕に変わらず接してくれた」

腫れ物に触るように遠巻きにするのでもなく、見下すのでもなく。

「俺にできることは、それだけだと思ったから」

今にして思うと、そういうオーリの行動がどれだけ心の救いになっていたことだろう。

だがハワルにはそれが同情心からとしか思えず、憐《あわ》れまれていると感じ、素直に受け止めることができなかったのだ。

「僕は……」

ハワルの唇が震えた。

「それなのに僕は、オーリにずいぶんひどい態度を取っていたよね……」

冷たい態度を取り、もう会いに来ないでくれ、などと言ったりもした。

それでもオーリは、ハワルを見守り続けてくれたのだ。

「本当は」

オーリが身じろぎした。

「馬に乗れないお前とでも、気持ちさえ通じ合えば、一緒に生きていける方法はないかと考えていたんだ。だがそうこうしているうちに、草原全体の状況が厳しくなって」

東の国との諍《いさか》い。

王による草原の統一。

周辺の部族との話し合い。

族長はじめ長老たちに期待され、オーリは忙しそうだった。

本当なら、自分などに構っている暇は、なかったはずなのだ。

するとオーリが、小さくため息をついた。

「だから俺は少し焦って……もう一度だけ、馬に乗ることに挑戦してほしいと……あれはお前を傷つけたな、悪かった」

ハワルは強く首を振った。

岩山まで連れて行ってくれたときに、もう一度試しに、と言われてエレルヘグに乗ってみた。

結果はだめだったし、あのときは本当に辛かった。

それでも心の底で、オーリの気持ちは本当に嬉しかったのだ。

それに応えられない自分がみじめで辛かったのだ。

ハワルにはもう一つだけ、足りないものがあったのだ。

馬に乗らなくては、馬に乗れる自分でなくてはできないことがある、という強い気持ちが。

「あのとき……東の兵に追いつかれたとき」

ハワルはそう言って、オーリを見つめた。

「僕は、オーリのために、オーリを助けるために、王のところまで行かなくちゃ、と思って……怖いとか怖くないとか、そんなことを考えている暇もなかった」

オーリもハワルをじっと見つめ返す。

「……お前が望みだった、俺よりも軽いお前なら、と……エレルヘグに乗って闇の中に消えていったお前を見て、大丈夫だとあの瞬間思った」

「オーリへの想いが……オーリが、僕を助けてくれたんだ」

最後の一押しは、その想いだったのだ。

「だとしても」

オーリが優しく言った。

「それはすべて、お前の中にあった力だ。俺はずっと、お前が怖れているのは『誰かを傷つけることへの恐怖』だと思っていた。あの瞬間お前は、誰かを傷つけるのではない、誰かを助けるために、馬への恐怖を乗り越えたんだ。それが俺だったのが、嬉しい」

ハワルは、胸の内に小さく残っていた最後の塊が、その言葉ですうっと溶けていくように感じた。

馬に乗るのが怖かったのは……誰かを傷つけることが怖かった。

子どもを踏みつぶしてしまいそうだった恐怖が自分を縛っていた。

だが、オーリを助けるために、と思った瞬間、それを乗り越えられた。

オーリの言うとおりだ。

そして、オーリの言葉が、ガザルの言ったハワルの「心の怪我」を癒やしてくれたのだ。

もう、怖くない。

何も怖くない。

そう思った瞬間、ハワルの喉の奥に熱いものが込み上げ……それが涙となって溢れ出た。

「オーリ」

声が震えるが、どうしても今、言葉にしたいことがある。

「僕もオーリが……ずっと好きだった」

オーリがどれだけ長い間、どれだけ辛抱強く自分を見守り、待ち続けてくれていたのかと思うと、ハワルは消え入りたいほどだ。

オーリはそれを全部言葉にしてくれた。

だったら自分も、伝えなくては。

「でも、でも僕はオーリにふさわしくない、と思って」

自分でもその気持ちを認めまいとしていた。

「辛かったな、お前も俺も」

オーリがそう言って、両手でハワルの頬を包む。

瞳に、優しい甘さと……不思議な熱が籠もっている。

「それでもお前が俺を想っていてくれた、それは、馬を並べて走ったときに、わかった」

あの瞬間、オーリにはわかっていたのだ。

身も心もひとつになったように馬を走らせ、周りから切り離されて二人だけの世界にいるように感じたあの瞬間、オーリにはわかっていたのだ……！

「ハワル」

オーリが甘くハワルを呼び、ハワルの全身が甘く疼《うず》く。

ゆっくりと、オーリの顔が近付き……ハワルは瞼を伏せた。

唇が重なる。

これ以上の言葉は必要ないのだと、ハワルにはわかった。

押し付けられた唇が、やわやわとハワルの唇を食《は》み、そして自然と開いた唇の隙間から、熱く濡れた舌が忍び込む。

痺れるような幸福感がハワルを包んだ。

互いの気持ちを確かめ合って唇を重ねるというのは、こういうことなのだ。

相手の気持ちがよくわからずにただ受け止めているときと、こんなにも違うのだ。

オーリの腕がハワルの腰に回り、ハワルもオーリの首にしがみつくようにして、より深くオーリの舌の侵入を許し、舌を絡め合う。

腰の奥がじん、と熱くなった。

このまま離れたくない、放したくない。

もっと、もっと、オーリを知りたい。

「んっ……」

鼻から抜ける甘い声に、欲望の響きが籠もっているのが自分でもわかる。

ようやく唇が離れたときには、ハワルの息はあがり、瞳は潤んでいた。

オーリがいとおしげに目を細め、その視線にハワルの胸がきゅっと締め付けられる。

こんなに甘く熱い視線を注がれると、それだけで体温が上がる。

「ハワル……」

オーリの指が、ハワルの頬、目の下のあたりを撫《な》でた。

「この傷……気になっていた。残りそうな傷だが、どうした」

「あ」

オーリは知らないのだ、とハワルは気付いた。

「オーリの肩に刺さった、矢……僕の頬を掠めて」

「そうだったのか」

オーリが眉を上げる。

「それじゃあ、俺たちは同じ矢で傷を受けたんだな」

「オーリの傷は……？」

ハワルが尋ねると、オーリがにっと笑った。

「俺の身体が見たいのか。だったらお前のも見せろ」

ハワルの頬がかっと熱くなった。

「そ……そういう意味じゃ……？」

「そうなのか？　俺のはそういう意味だぞ」

オーリはそう言って、ハワルを草の上に押し倒した。

真上からハワルを見下ろす。

「お前を抱きたい。もう待てない、一瞬たりとも待てない、どれだけ待ったと思っている
……お前のすべてを俺のものにする瞬間を」

直截《ちょくせつ》な物言いが、ハワルの胸を熱くした。

「ぼ、僕だって……」

オーリのすべてを知りたい、だが。

「ここで……？」

真っ青な空の下、広い草原の中で、やわらかい草の上で。

オーリが頷く。

「外を通る誰に声を聞かれるかわからない幕屋よりも、ここのほうがずっといい。それに
……草原は、俺たちの新床《にいどこ》にふさわしい」

新床、という言葉にハワルはますます赤くなったが、それはハワルの中に生まれていた欲望を萎《な》えさせるどころかさらに煽《あお》った。

「わ、わかった」

決意を固めて頷くと、オーリがぷっと吹き出す。

「そんな、悲壮な顔をするな」

そう言って、ハワルの頬の傷に優しく唇をつけた。

そこから、鼻筋へ、鼻の頭へ、そして唇へ。

「……幸せな気持ちになることを、するんだから」

唇同士が触れるか触れないかくらいのところでそう言って、そして深く唇を合わせる。

幸せな気持ちになれることをする。

その言葉だけで、もう幸福感が胸から溢れ出す。

オーリの手がハワルの腰の帯を解き、上着の前を開いていく。

上着の下に着ていた薄ものも同時にはぎ取られ、上体が露《あら》わになる。

オーリが身を起こしてハワルの身体に視線を這《は》わせた。

「……想像以上にきれいだ」

「想像、とか……っ」

かっと赤くなったハワルに、オーリはにやりと笑ってみせる。

「お前はしなかったか？　俺の身体を」

した。馬に乗るオーリの背中を見て、服の下にある身体を想像したし……兄と身体を重ねていたと思い込み、その姿を想像して嫉妬《しっと》すらした。

言葉にはしなくてもオーリには伝わったのだろう、頬に笑みを浮かべたまま、オーリは自分の帯を手早く解き、上着も薄もののもともに脱ぎ捨ててしまう。

ハワルは思わずオーリの身体に見とれた。

広い肩、厚い胸板……そして引き締まった腹。

想像はしていたけれど、想像よりも遥かに美しい、均整の取れた身体だ。

象牙色のオーリの肌と比べ、自分の身体の普段衣服に隠れている部分の白さが、妙に恥ずかしい。

ハワルの視線を受け止めながら、オーリは自分が脱いだ上着を草の上に広げ、それからハワルの腰の後ろに腕を回すと、ひょいとその上着の上にハワルを移した。

そのままハワルの上に覆い被さってくる。

また、唇が重なる。

もう何度目だかもわからなくなっている。

舌でハワルの舌や口蓋《こうがい》を愛撫《あいぶ》しながら、オーリの掌が、ハワルに触れる。

首筋を、肩を、腕を、確かめるように撫でていく、そのオーリの掌が這った場所の温度が上がっていくように感じる。

脇腹から肋骨《ろっこつ》を数えるように這い上がる手が、くすぐったいようでいて微妙に違う、むずむずとした感覚を生む。

そして、胸。

「んっ……っ」

びりっとした刺激に、ハワルは思わず声をあげた。

オーリの掌が乳首を掠めたのだと、一瞬遅れてわかる。

ハワルが反応したのが伝わったのだろう、オーリの指が片方の乳首を摘《つ》まんだ。

「んっ……っ」

二本の指で摘まみ、弄《いじ》る。

すれすれのところで痛みにはならない微妙な力で。

引っ張った乳首を、今度は指の腹で押し、捏《こ》ねる。

「ん、ん……っ……」

ぞわぞわとした奇妙な感覚が腰の奥から背骨を伝ってせり上がってきて、ハワルは思わず腰を浮かせた。

と、オーリの舌がねっとりと頬の内側を撫でながら退いていき、そして唇が離れる。

同時に、今度は少し強く乳首が摘まれた。

「……あっ……！」

思わずあげた声が上擦《うわず》っていて、ハワルはぎょっとして目を開ける。

オーリはにっと笑い、そして顔を近寄せてきたので、もう一度唇を重ねるのかと思ったのだが、オーリの唇は顎に落ちた。

そのまま舌先でハワルの肌を味わうように、首筋から鎖骨へと下りていく。

それだけで、ハワルの中に落ち着かない熱が渦巻く。

唇が……さきほど指で弄られていた乳首に触れた。

ぞくりと全身が震えた。

「……ぅう、んっ」

尖《とが》らせた舌先で乳首を転がし、それから唇に含んで吸い、唾液を塗り込める。

「んんん、んっ……」

普段は意識もしていないようなその場所が、どうしてこんなに感じるのだろう。

「ハワル」

低く、笑いを含んだ声でオーリが呼び、ハワルが自分の胸のほうに視線を落とすと、乳首は唾液で濡れて光り、ぷっくりと赤く膨らんでいた。

「あ……」

恥ずかしい、と思う間もなく、

「こっちも」

そう言って、触れられていなかったもう片方にオーリが唇をつけた。

「あ、あ」

ねっとりと舐《な》め回すように唇と舌で弄りながら、オーリの掌はさらに下へとハワルの肌を撫で下ろしていく。

円を描くようにたいらな腹を撫で、そして下袴《したばかま》の布の上から、下腹部に触れた。

「あっ」

軽く握られた瞬間、ハワルは、自分のそこが熱を持っていることに気付いた。

オーリの手は躊躇いなく手探りで紐《ひも》を解き、穿《は》いているものを膝まで下ろす。

指先が淡い叢《くさむら》をかき混ぜるようにくすぐり、そして、ゆっくりとハワルのものを握り込んだ。

「やっ……」

自分のものではない体温に触られるはじめての感触にハワルは腰を引きかけたが、オーリの掌がすっぽりと幹を包んでやわやわと揉《も》みしだくと、全身の力が抜けた。

「ハワル……ハワル、ちゃんと感じている」

オーリの嬉しそうな、しかしどこか余裕のなくなりかけた声が囁く。

その声が耳に入っただけでハワルは上り詰めそうになり、思わずぎゅっと唇を噛《か》み締め、瞼を閉じたが、そうすることで余計にオーリの指の動きを意識してしまう。

先端を撫でる親指の腹の辷《すべ》りが急によくなり、自分が零《こぼ》しているものだとわかる。

身体の熱を根元から先端に向かって集めるように扱《しご》き上げる動きにもぬめりが加わりくちゅくちゅと音を立て始める。

だめだ。

いってしまう……こんなに簡単に、あっけなく。

恥ずかしい。

「や、や……っ」

オーリの片手に両手を置いておしのけようとしたとき、オーリの手が性器から離れた。

拍子抜けした瞬間、熱いぬめりに先端が飲み込まれた。

「あ――」

すっぽりとオーリの口がハワルのものを包み、唇で扱く。

かあっと全身の熱が上がり、汗が噴き出す。

無理だ、だめだ、こんなのは……

浮き上がった腰を抱きかかえるようにしてオーリは優しく強引な愛撫を続け……

「オーリっ、や、ああ、だ、めっ……っ」

腰の奥から熱い塊が、出口を求めて吹き出す。

「あぁ……っ……っ……っ」

びくびくと全身を震わせて、ハワルは達していた。

頭の芯が痺れたようで、身体からぐったりと力が抜ける。

ようやく自分の荒い息づかいが耳に入ってきて、なんとか瞼を開けると……

オーリが間近でハワルの顔を見つめていた。

いとおしげに、嬉しそうに、そして熱を込めて。

その唇の端が、白く濡れている。

「あ……っ」

自分の放ったものだとわかり、ハワルはいたたまれなくなった。

「こ、んな……僕だけ……っ」

「お前だけじゃない」

オーリがどこか余裕をなくした笑みを浮かべ、ハワルの片手を取って、自分の下腹部に導いた。

「あ」

布越しにもはっきりと伝わる、オーリの興奮と熱。

「早くお前がほしくて、俺もこんなだ」

オーリの掌がハワルの掌を包んでそこに押し付ける。

びくり、と手の中でオーリが嵩《かさ》を増す。

ハワルの中にこれまで経験したことのない、焦れるような欲望が生まれた。

「だ……だったら……早く」

「言ったな」

オーリがにっと笑い、身体を起こす。

穿いていた長靴を片方ずつ脱いで放り投げ、下袴も取り去り、生まれたままの姿になる。

下腹の黒い叢からは、オーリの欲望がはっきりと頭を擡《もた》げていた。

その欲望は自分に向けられたものなのだ、と意識してハワルは思わずごくりと唾《つば》を飲み込んだ。

「お前も、全部見せてくれ」

オーリはそう言って、ハワルの長靴を脱がせ、中途半端に膝の辺りにわだかまっていた下袴もすべて取り去ってしまう。

オーリがハワルの身体の上に、自分の身体を重ねてきた。

ハワルも両手を広げてオーリの身体を受け止める。

素肌と素肌が直接触れ合う。

掌に感じるオーリの肌をもっと知りたい。

一方的に触れられるのではなくて、自分もオーリを知りたい。

欲望に突き動かされ、オーリは、ハワルの肩を、腕の筋肉を、固い肩甲骨を、そして引き締まって滑《なめ》らかな背中を、せわしなく探った。

これが、オーリ。

肩甲骨のあたりに、皮膚が引き攣れているような感じの場所があり、ハワルは思わずそこを数度なぞった。

オーリの手もハワルの背中に回り、背骨を撫で下ろし、腰を愛撫し、そして臀《しり》の狭間《はざま》に忍び込む。

指が狭い場所を伝って窄《すぼ》まりに触れ、ハワルはびくりと身体を竦《すく》ませた。

そこを、使うことは知っている。

頭では。

敵の指揮官の幕屋で、裸に剝《む》かれ、そしてそこを点検された。

あの屈辱は忘れない。

「……ハワル」

オーリの手が止まった。

上体を動かし、ハワルの目を覗《のぞ》き込む。

「大丈夫か、いやなら……」

オーリも同じことを思い出しているのだ、あの天幕での屈辱を。

しかし……

「違う」

ハワルは首を振った。

「いやじゃない……違う、あんなこととは全然違う」

それは本心だった。

羊や馬を値踏みするように、ただただそこを「道具」として点検されるのと、オーリに触れられるのは。

「いいんだな？」

オーリがそう言って……ハワルと視線を合わせたまま、再び指でそこに触れる。

指の腹で窄まりを撫で、二本の指で左右に押し開くようにし、そして別な指の先が、そこにつぷりと沈む。

「んっ……」

ハワルは反射的にみじろぎしようとしたが、オーリの片腕がしっかりとハワルの腰を抱えている。

そして、視線も、ハワルの視線を捕まえて放さない。

指が軽く退き、そしてまた沈んだ。

そこが慣れ、力が抜け、馴染《なじ》んでくるのを待っているかのように、浅いところでの抜き差しが繰り返される。

そして実際、ハワルの身体は馴染み、そして焦れた。

もっと……

もっと、なんだろう……？

オーリの指が動きやすいように、無意識に両腿を開いていたことに気付き、ハワルはかっと赤くなった。

目を逸《そ》らしたいのに、逸らせない。

指がさらに奥へと押し込まれる。

内側を押し広げるように、内壁を撫でられる。

そんな動きが逐一わかり、そしてじわじわと、身体の奥が熱を持ち、息が弾《はず》んでくる。

「ん、んっ、あ」

思わず開いた唇から、甘い声が洩《も》れた。

オーリが目を細める。

「大丈夫だな」

ちゅぷっと音を立てて指が抜かれた。

オーリは上体を起こすと、ハワルの膝を持って大きく左右に開かせ……そして膝頭を胸のほうに押し付けた。

「あ」

なんという格好。

オーリの目の前に、恥ずかしい場所すべてをさらけ出している。

オーリは躊躇いなくそこに顔を埋めた。

「な、あ、あっ」

指が抜かれてじんわりと閉じかけたそこに、舌をねじ込んでくる。

まだ羞恥が勝っているところに、ぞわりと、悪寒と紙一重の快感が駆け抜けた。

舌に沿わせるように指が差し込まれ、より深く、奥へと入ってくる。

熱い……全身の皮膚が熱く火照《ほて》る。

「んっ……くっ……う、あ、ああ……っ」

快感が羞恥を押しのけた瞬間、声のいろが変わったのが自分でもわかった。

欲望が一段階上がるのも。

そこに、もっと、もっと何か、確かなものが欲しいと。

それはオーリにも確実に伝わったのだろう、舌と指が、わざとのようにゆっくりとハワルの中から抜け出ていき……

身を起こしたオーリと、再び視線が絡む。

ハワルの熱を帯びて潤んだ視線と、オーリの堪《こら》えきれない欲望が滲《にじ》んだ視線が。

オーリが自分の完全に猛《たけ》ったものを見せつけるように一度扱き、そしてハワルのそこに先端を押し付けた。

それを食むように、ひくりとハワルのそこが動く。

「っ」

一瞬きつく眉を寄せた、オーリの顔がおそろしく艶っぽい、と頭の片隅で思った瞬間。

ぐうっと、押し込まれた。

「……っ」

ハワルはのけぞった。

違う……舌や指とは違う、この、圧迫感。

薄いやわらかな皮に包まれた灼熱《しゃくねつ》の鉄の棒のようなものが、容赦なくハワルを串刺しにしようとしている。

受け入れたい、でも、でも。

「ハワル」

オーリが苦しげに呼んだ。

「力を抜け、息を詰めるな」

その声に、歯を食いしばっていたことに気付いたハワルは、わなわなと唇を震わせながら開き、ゆっくりと息を吐いた。

同時に——

ぐぐうっと、奥までオーリが入ってきた。

「あ——」

真っ白な光が瞼の奥で弾《はじ》けた。

「あ、あ」

「ハワル、ハワル」

オーリが呼びながら、ハワルの上に上体を倒してくる。

胸と胸がぴったりと重なる。

ハワルはオーリの肩にしがみついた。

そのままオーリはじっとしていてくれる。

「ハワル……わかるか」

低く苦しげに、オーリが尋ねた。

鼓動が、呼吸が重なり……そして、自分の中に埋め込まれたオーリのものが、熱く、どくんどくんと脈打っているのが、わかる。

自分の中に、オーリがいる。

「んっ……わか、るっ」

ハワルはそう言って、きつく閉じていた目を開けた。

視界が滲んでいるのを感じ瞬きすると、熱いものが目尻に流れていく。

「苦しいか」

驚いたようにオーリが尋ねたので、ハワルは首を振った。

「ちが……嬉し、い」

ちゃんと応えようとしたのに、甘く舌足らずになってしまう。

どくんとハワルの中のオーリが脈打ち、さらに大きさを増した。

「あ」

反射的に、オーリを受け入れた入り口に力を込めてしまい、オーリが「う」と呻《うめ》く。

「すまん……もう」

オーリがそう言って、ハワルの腰をぐっと抱え直した。

繋がりがさらに深くなる。

そのままオーリはゆっくりと腰を引き……そして、突き入れた。

「うっ……あ、あ」

ぞくぞくと痺れるような快感がハワルを飲み込んだ。

それでもまだオーリの動きは、自分だけの快感を突き詰めようとしているのではなく、ハワルの中を探り、よりハワルが反応する場所をえぐり出そうとしているのがわかる。

そしてハワルは自分でも知らなかった弱みを、あっけなくオーリにさらしていく。

「あ、あ、あ……ん、っ……う、くっ……」

声が、止まらない。

と、ハワルの腰を抱えていたオーリの腕が前に回り、二人の身体の間で揺られ、再び熱を持ちだしていたハワルのものを握った。

「あっ」

思わぬ刺激に、オーリの肩にしがみついた掌が汗で辷り、思わず爪を立てる。

性器と、内側の快感がひとつになって、わけがわからない。

「ハワル……お前の中、すご、い……熱い」

律動を刻みながらオーリが呻くように言った。

ハワルの中のオーリも熱い。

互いの熱で互いを熔《と》かし合って、どろどろのひとつの塊になっていく。

これが……ひとつになる、ということ。

ただ一人の相手と身体を重ね、身も心もひとつになるということ。

今それがわかった。

なんという幸福感……！

ハワルがかすかにそう考えた瞬間……

「ハワル、いくっ……」

食いしばった歯の間からオーリが声を押し出し、ひときわ強く奥を突かれる。

その瞬間、ハワルはオーリの手を濡らすと同時に、自分の内壁が激しく痙攣《けいれん》しながらオーリを締め付けるのを感じた。

オーリのものが、二度、三度とひくつき、自分の中を熱いもので満たす。

二人の硬直した身体はやがてゆっくりと弛緩《しかん》していった。

日はまだ高い。

汗が引いた身体に草原の風が心地よく、同時に、おそろしく気恥ずかしくもある。

言葉など何ひとついらない気がして、二人は抱き合った余韻のままにオーリの上着の上に身体を横たえ、見つめ合い、互いの身体に指先を這わせ合っていたが――

ふいに、オーリの腹がぐうっと音を立てた。

ハワルは思わず目を見開き……そして、ぷっと吹き出していた。

「くそ」

オーリの目元が赤くなる。

「こんな無粋な……」

「あ、でも」

ハワルは気付いた。

「都から戻って、そのまま」

そのままハワルを探しに来て、ろくに食事もしてないのではないだろうか。

「まあ、な」

照れくさげにオーリは笑い、仕方なさそうに上体を起こした。

「馬に……ウールに食べ物を積んである」

ぴゅいっと口笛を吹くと、少し間を置いて、離れたところで遊んでいたらしい二頭の馬がこちらに走ってくる足音が聞こえてきた。

「お前の、下着……これは俺のか」

投げ散らかした衣服を座ったままかき集めているオーリの背中を見て、ハワルははっとした。

右肩の矢傷。

オーリの身体を手でまさぐっているときに、指先で感じたものだ。

もうすっかり傷はふさがっているが、少し赤味を帯びて盛り上がっている。

オーリは起き上がり、その傷に自分の頬をつけた。

頬の傷と、オーリの傷が重なるように。

「…どうした?」

優しくオーリが尋ねる。

「傷……僕のと、オーリのと」

「……ああ、俺たちが負った、俺たちのしるしだ」

そう言ってオーリは振り向き、ハワルの頬の傷を指先で撫でる。

「この傷も完全には消えないが、明るい光の下で見ないとわからないようになるだろう。王の側にいるザーダルのような、目立つ傷にならずによかった」

草原の男にとって戦で負った傷は勲章だが、オーリがそう言うのなら、大きな傷にならなくてよかった、とハワルは思う。

互いに衣服を着せ合い、紐や帯を結び合い、さすがに長靴を履かせ合うのは難しくて笑い合っているところに、馬たちもやってくる。

オーリが立ち上がり、ハワルに手を差し出した。

普段通りに軽く立ち上がれるつもりでいたハワルは、思わぬ腰の重さにふらりとよろけ、オーリが抱き留める。

「……はじめてなのに、ちょっと無茶をしたかもしれない」

意味ありげな笑いを含んでオーリが言い、ハワルは赤くなった。

「もうっ……」

「だがそれくらい、わかりやすいほうが、俺にとっては好都合だ」

オーリはさらにそんなことを言って、せっかくきちんと着たハワルの上着の襟《えり》を、少し引っ張ってわざわざ崩す。

「何を……」

直そうとするハワルの手を、オーリが押さえてにやりと笑った。

「ちょっとしたついでだ。どうせその色っぽく気怠《けだる》い顔を見れば、宿営地に戻っても俺たちに何があったか、誰にでもわかる」

「え、そんなっ」

自分はどんな顔をしているのだろう、とハワルが両手を頬にあてて慌てていると、オーリが真面目な顔で言った。

「そうでもしておかないと、馬に乗れるようになったお前の幕屋の前に、馬を並べたい男たちだの、娘を貰ってほしい親たちだのが行列を作るぞ」

まさか、と思いながらもハワルには思い当たる節がないでもない。

今までハワルを遠巻きに、どう接していいかわからずにいたような男たちが、わざわざ見舞いに来てくれ、娘たちもハワルを遠目に見て何か言い合っていた。

あれは……そういうことだったのか。

ハワルは、少し複雑な気持ちになった。

馬に乗れるようになったからといって、自分という人間が変わったわけではない。

だが他人が自分を見る目は、そんなふうに変わるのだ。

馬に乗れても乗れなくても、自分は自分。

それを、オーリだけは知っていた……オーリだけが変わらなかった。

だから自分はオーリだけのものなのだ。

そうは思っても、ハワルの中には一抹の不安がある。

「オーリ」

馬に積んだ荷物から食べ物を下ろしているオーリに、ハワルは尋ねた。

「僕たちは……僕たちの『馬を並べる関係』は、その……いつか、卒業しなくてはいけないもの、なの……？」

普通はそう言われている。

若い男同士のそういう関係は、やがてどちらか、または両方が結婚することで自然と解消する。その後も親友同士であることに変わりはなくても、優先するのは家族になる。

そんな日が、自分とオーリにもやがて訪れるのだろうか。

オーリはちょっと驚いたように眉を上げ、そして尋ね返した。

「お前はそんなことが、できると思うか？」

ハワルは首を振る。

「僕にとって……オーリは本当に特別な人なんだ……男とか女とか、そんなの関係なく……オーリ以外の人を僕にとって一番大切な人にすることは、考えられない」

オーリの顔に、照れくさそうな、嬉しそうな笑みが広がった。

「俺だって同じだ。お前をいつか手放せるくらいなら、もっと早くに諦めていた」

そうだ、オーリにだって、縁談などもいくらだってあったはずなのだ。

それでも……ハワルを諦めずにいてくれた。

「そういう例だって、ないわけじゃない」

オーリは真面目な顔になる。

「王もそうだ。王は、自分の子孫で王朝を作るつもりはない、草原の王はその都度話し合いによって選ばれるべきで、余計な火種を作らないよう妻を迎える意思がないことを示すために、セルーンさまをご自分の伴侶として公式に特別な地位を与えられたが……実のところ、王だってあの方以外の伴侶など考えられないからそうしただけのような気もしている」

王があの人に、特別な伴侶としての公式な地位を与えたというのは、ハワルは知らなかった。

だが、あの二人が行軍の中で一瞬視線を交わし合った、その姿を見ただけで、オーリが言うとおり、王はあの人を、ただ一人の人と定めているのだということはわかった。

では、自分たちも「王に倣って」そのような存在でいることが可能だろうか。

そうでありたい、と思う。

その間に、オーリは水の入った革袋と厚みのある平たく丸いパンを取り出し、二人はもう一度草の上に座った。

オーリが立てた膝の間にハワルを座らせ、後ろから抱きかかえるように座る。

気恥ずかしさを覚えながらも、ハワルはその姿勢が懐かしい、と感じた。

「……昔」

「ああ」

ホロルと三人で草原に出かけたとき……オーリは背後からこうやってハワルを抱き、栗の剝《む》き方を教えてくれた。

あのときのように、オーリはハワルの前に回した手で、今はパンをちぎり、ハワルの唇に押し込む。

甘やかされているようで気恥ずかしく、そして嬉しい。

見渡す限り誰もいない草原の中、こうしてオーリと二人でいることは、なんと心地いいのだろう。

ハワルがそう思っていると、ふとオーリが言った。

「そうだ、俺は近々、王の側近としての地位を与えられると思う。草原をひとつのきちんとした国にするために、仕事は山ほどあるそうだ」

ハワルははっとした。

それは……予想されたことだった。

密偵としての役割は終わったのだし、命がけの今回の仕事のあとは、何かそういう地位が与えられてもおかしくない。

だが……ということは。

「都に……？」

ハワルが上体を捻《ひね》ってオーリの顔を見て尋ねると、

「ああ」

オーリは頷いた。

「お前も……来るか、都に。お前の居場所はあるはずだ」

都に、オーリと一緒に。

それは嬉しい誘いのように思えた。

オーリと離ればなれにならず、ずっと近くにいられることは。

だが。

あの壮大な、大きな幕屋が整然と連なった場所、市場には豊かにものが溢れ、大勢の人々が行き交う場所で、自分は何をすることになるのだろう。

ハワルには、あの場所にいる自分が想像できないようにも思う。

オーリは都で、オーリにふさわしい仕事をする。

でも自分は、ただオーリと一緒にいたいという理由で都に行って、なんの役に立つのだろう。

自分が今、したいと思っていること、しなくてはいけないと思っていることはなんだろう。

ハワルは考え……オーリの膝の間で向きを変え、尋ねた。

「東の国との諍いはまだ続くのでしょう?」

オーリは真面目な顔で頷く。

「そうだな、相手が諦めてくれない限りは」

「だったら」

ハワルは言った。

「僕はここに……国境が近い場所に住んで、東の民ともっと知り合い、わかり合いたい」

オーリが驚いたように目を見開く。

「東の民と？」

「そう、オーリだって、東の普通の民が望んで兵になっているわけじゃないことを知ったでしょう？　そういう普通の民が鍵だって。そういう人たちと……戦がないとき、日々の暮らしの中で、もっと理解し合いたい。あの人たちにも、草原の民が考えていることを知ってもらいたい」

草原で出会った、ミンの父のユイのような。

普段から境界を越えたものをただ追い返すのではなく、交流を重ねていけば、少なくとも国境沿いにいる民同士の関係は変わり、緊張はやわらぐのではないだろうか。

「兵に取られそうになったら、こちら側に逃げ込んできてもいいんだって……ああいう普通の民を、こちらで保護することもできるんだって知らせておけば、東の国だって攻めてきにくくなるんじゃないかと思う」

「お前は……」

オーリは驚いたようにハワルを見つめた。

「やはり、世界を見る広い目を持っている。俺には思いつかないことを思いつく」

ハワルは自分が大口を叩いたようで恥ずかしくなった。

「もちろん、口で言うほど簡単なことではないと思うけど……」

「いや」

オーリは首を振って考え込む。

「それはたぶん……王がちらりと言っていた、国境線沿いに緩衝地帯を作るという目的にも適《かな》うのだと思う。お前が言っているのは、その、地道で具体的な方法のひとつだ」

そして……オーリの顔はぱっと明るくなった。

「よし、ではお前はここで、お前の役目を果たし……俺は都で俺の役目を果たす。そして、馬で三日の距離をお互いに行き来し、会いたいときに会う。それでいいんだな？」

馬で三日の距離。

それはかつてのハワルにとっては、とてつもなく遠い距離だった。

だが今はもう違う。

どちらかがどちらかを訪ねてもいい。

西と東から互いに馬を飛ばして、出会ったところで過ごしてもいい。

この広い草原の中を、自分たちは自由に行き来し、そして馬を並べてともに駆けることができるのだ。

自分とオーリなら。

オーリの目を見ると、オーリも同じことを考えているのがはっきりとわかる。

それくらい、二人の心はひとつなのだ。

「俺の、ハワル」

オーリが目を細め、顔を近寄せてきて……

ハワルは静かに目を伏せ、唇で唇を受け止めた。

草原の夜

幕屋の天井には、煙出しの穴が開いている。

幕屋の中央に据えられたかまどから立ち上る煙が、そこから星空に向かって吸い上げられていくように見える。

外は静かだ。

オーリは片肘を立てて頭を支え、隣に眠るハワルを見つめた。

目を閉じて寝息を立てているハワルの顔を見ていると、いつも新しい発見がある。

睫毛《まつげ》の長さとか、右と左の眉《まゆ》の高さがわずかに違うとか、顎《あご》の下の目立たないところに小さいほくろがあるとか……そういうことを、オーリはひとつずつ見つけた。

頬《ほお》の矢傷は、今では白い線のようになって残り、これ以上は薄くならないだろうが、それはハワルの優しい顔立ちにきりっとした印象を与える飾りのようにも見える。

そして、眠っているときに時々唇が緩んで微笑《ほほえ》んでいるように見えることとか、夢を見ているのだろうか、瞼《まぶた》がわずかに動くことがあるとか、そんなこともこうして、無防備な寝顔を見つめていられるからわかったことだ、とオーリは思う。

ここまで来るのは、本当に長い時間、長い道のりだった。

そもそも、ハワルがまだほんの赤ん坊のころから「この子は俺がもらう」と決め、ハワルの兄のホロルにも、そう宣言していたのだ。

「気が早いなあ」

ホロルは笑ったものだ。

「これからどんな顔に育つかわからないし、性格だって、ものすごくきついかもしれないし、背だってお前よりも高くなるかもしれないのに」

もちろん、どんな可能性もあった。

だがオーリはとにかく、自分を見てにこっと笑った赤ん坊に、心を鷲掴《わしづか》みにされてしまったのだからどうしようもない。

それでもその頃は、ハワルをどういうふうに「自分のもの」にしたいのか、よくわかっていなかった。

最初は、兄弟がいないので弟がほしかった……それも、親友のホロルの弟、ではなく「自分だけの弟分」がほしかったのかもしれない。

ハワルが少し大きくなると、顔も仕草も言動も、すべてがかわいくて、嬉しかった。

そして、幼いハワルが発する言葉の中に、自分とは違う考え方、自分とは違う発想を見つけたときには、それも嬉しかった。

ただただ同じ考えを鏡のように映し合うのではなく、新しい考えを刺激として、また別な考えに発展させていける……そんな、互いに高め合っていける可能性のようなものを、子供心に感じたのだと思う。

そして、そうやってハワルをかわいがるオーリを、ハワルも慕ってくれた。

もちろん幼い子どものこと、兄といつも一緒にいて、自分をかわいがってくれる人間を、もう一人の兄のように感じて懐くのは当然だ。

ハワルが危ないことやいけないことをしようとしたら、きちんと叱ったりもしたが、ハワルにはそれも「自分のために言ってくれている」とちゃんとわかっているようだった。

ハワルとホロルの母も、そんなオーリを見て「ハワルには兄が二人いるようね」と笑ったものだ。

ホロルと馬でどこかに出かける時には自分の鞍《くら》の前にハワルを座らせて一緒に連れて行ったり、小刀の使い方や馬の世話などを教えるのも楽しかった。

ハワルは賢く素直で、オーリが教えることはすぐに覚え、オーリはそれが自分のことのように誇らしかったものだ。

そういう……ハワルを「かわいい」と思う気持ちが、「ただ一人の相手として好きだ」という気持ちに変化していったのは、いつ頃からだろう。

その気持ちがどう生まれたのかは自分でもわからないが、その気持ちを意識した瞬間だけは、はっきり覚えている。

それは……ハワルが落馬して怪我をした、と聞いたときだった。

子どもにはじめての馬を与え、その馬に乗せるのは、その家の家長の役目だ。

いくら兄のホロルと親友で、ハワルを弟のように可愛がっているとはいえ、そういう家族の行事にオーリが顔を出したり口を挟んだりする権利はない。

だから、たまたまオーリが自分の父の用事で遠くの放牧地に出かけているときに、ハワルの父が手頃な馬を手に入れてハワルに与えようと思ったのも、仕方のないことだ。

そして……自分がまだ、その馬に乗ったハワルを見てもいないうちに、不慮の出来事があって、ハワルは落馬し、怪我をした。

宿営地に戻ってきてその話を聞いた瞬間、オーリの心臓は止まりそうになった。

ハワルの家の幕屋に飛んでいって、眠っているハワルの真っ青な顔を見たときには、息が苦しくなった。

俺のハワル。

俺のハワルが、死んでしまうかもしれない。

それは、俺の心と身体の半分が死んでしまうことだ。

オーリはそう思ったのだ。

ハワルの命に別状はなく、脚《あし》の骨折だけですんだと知ったときには、どれだけほっとしたことか。

だが……そこから、ハワルの苦悩が、同時にオーリの苦悩がはじまったのだ。

ハワルは馬に乗れなくなってしまった。

誰がどう励まし力づけても、馬に乗ることへの恐怖を克服できなかった。

ハワルの苦悩は見ていて辛かった。

実の兄であるホロルももちろん、ハワル同様、辛かったはずだ。

だがオーリにとって何よりも辛かったのは、ハワルが心を閉ざしてしまったことだった。

オーリとホロルは、何度も自分の馬に一緒にハワルを乗せようとしたり、おとなしい年寄り馬を探してきて乗せようとしたり、遠乗りの楽しさを伝えたりした。

だがそれでも恐怖を克服できないと自覚したハワルは、そういう手助けを拒否し、自分から遠ざかりはじめたのだ。

草原の男にとって「馬に乗れない」というのは、致命的なことだ。

遠くの放牧地へ行くことも、部族を守るための戦いに加わることもできない。

役立たずの烙印を押され、部族の会議に加わることも、結婚することも、自分の馬や羊を持つこともできなくなる。

そんなハワルを守りたい、役に立ちたいと思っても、差し伸べた手をハワルは毅然《きぜん》と拒否し、馬に乗れない男として生きていく決心をしたように見えた。

そんなハワルをオーリは、痛々しく切ない……と思うと同時に、眩しく感じた。

自分たちのあとをついて回るだけだったかわいい少年が、過酷な境遇の中、前を向き、たった一人で運命に立ち向かって、生きている。

木工や革細工に活路を見出し、貧しい部族の中で「穀潰《ごくつぶ》し」ではなく、「何かの役には立っている」男としての居場所を、自分で切り開こうとしている。

そんな折、それでも兄としてハワルを庇《かば》い続けていたホロルが亡くなり、それはハワルとオーリをさらに遠ざけた。

ホロルに会うことを口実としてハワルに会いに行く、ということができなくなったのだ。

どちらにしてもその頃には、ハワルはオーリに対しても完全に距離を置くようになっていたのだが。

だがオーリは、今のハワルは自分の足で立つために周囲が差し伸べる手を拒否しているが、いつかきっとまた、心を通わせられる日が来る、と信じた。

だったらそのときまでに、自分もまた、新しいハワルにふさわしい、新しい自分でありたいと思うようになったのだ。

その頃、草原の民をひとつにまとめつつある一人の男の噂を耳にし、オーリは「これだ」と思った。

草原の民に、新しい在り方を示している男がいる。

それはオーリが漠然と抱いていた、貧しい部族同士が相争うことへの違和感に対する答えを示しているように思えた。

だったら自分は自分の道として、「草原をまとめる」男に助力するために力を尽くそう。

そうやって自分の生き方を確立してこそ、ハワルにふさわしい男になれる、と。

ハワルがいつかもう一度周囲の人間との垣根を取り払おうと思えたときに、まず最初にハワルの目にとまる男でありたい。

そう思い続けたからこそ、今の自分がある。

部族の中で、若くして族長の信頼を得て、草原の王とも通じ、その信頼を得、難しい役割を託され……そして今や、王の側近として一目置かれる存在になっている。

それはすべて、ハワルにふさわしい男でありたいと思った結果なのだ。

そして今……ハワルは、自分の傍らで寝息を立てている。

夢のようだ、と思い……オーリはそっとハワルの額に口付けた。

「ん……」

ハワルが身じろぎし、オーリがはっとして唇を離すと、ハワルがゆっくりと目を開けた。

まだ夢の中にいるように、にっこりと笑う。

「オーリ……夢を、見てた」

「夢？」

オーリが尋ねると、ハワルは頷く。

「オーリが……僕のことを好きでいてくれて……馬を並べて、駆ける、夢」

オーリは思わず顔をほころばせた。

「それは、夢じゃなくて、本当のことだ」

「……ああ」

ハワルは数度瞬《まばた》きして、それから自分が裸であること、同じく何も着ていないオーリと、ひとつ布団の中にいることに思い当たったらしく、じわりと目の縁を赤らめた。

「あ……じゃあ、これも、夢じゃない……」

もぞりと身体を動かしたので、オーリは腕を伸ばしてハワルの身体を抱き寄せた。

滑《すべ》らかな肌の、温かな感触。

眠りに落ちる前に身体を重ねたはずなのに、まるで何週間もお預けだったあとのように、身体の奥に火が点る。

「ハワル、愛している」

ハワルの頬を両手で包んでそう告げると、ハワルが真っ直ぐにオーリを見つめる。

「僕も、愛してる」

ハワルの腕がオーリの肩に回り、唇が重なる。

草原の夜は長い。

オーリはゆっくりとハワルの身体をまさぐり、ハワルの吐息が甘くなり、やがて甘い声があがりはじめるのを耳に心地よく感じながら、やがてハワルの中に己を埋め、二人の身も心も甘く熱く溶け合っていくのを感じていた。

あとがき

このたびは「恋人たちは草原を駆ける夢をみる」をお手に取っていただき、ありがとうございます。

モンゴル風民族BL、「草原の王は花嫁を征服する」のスピンオフになります。

別カップルのお話ですので、この本だけでもお楽しみいただけると思いますが、前作の二人もちらりと出てきますので、よろしければそちらもお読みいただけると嬉しいです。

コロナのせいでどこにも出かけられない状況が続いていますので、「どこかに行きたい」という気持ちは募るばかりですが、中央アジアの探検記を読んでいるとだいぶ「どこかに行った」気持ちになります。

この冬は、そういう「脳内旅行」でだいぶヒマラヤに登りました（笑）。

真冬に雪山登山の話を読むのも、逆に真冬に灼熱の沙漠越えの話を読むのも、どちらもなかなか楽しいのでお薦めです。

というわけでこのお話も、密にならない、広々とした誰もいない草原を駆ける気分を味わっていただければと思います。

タイトルは例によって難産でしたが、担当さまのおかげで、ネタバレにならずお話のイメージをお届けできるタイトルになったかと思います。

イラストは前回に続き、サマミヤアカザ先生です。素敵なイラストでこのお話の世界観を広げてくださり、また前回の二人も描いていただくことができて、本当に嬉しいです。ありがとうございました。

担当さまにも、今回もお世話になりました。たまにはすぱっと決まるタイトルを出してみたい……次こそ、と思っております。今後ともよろしくお願いいたします。

そして、この本をお手に取ってくださったすべての方に御礼申し上げます。

昨年の二月に「草原の王は～」が出たときには、一年後までこんな状況が続くとは思っていなかったのですが、まだしばらくは続きそうですね。

どうぞどうぞご自愛ください。

また次の本でお目にかかれますように。

夢乃咲実

✦初出　恋人たちは草原を駆ける夢をみる………書き下ろし
草原の夜……………………………………書き下ろし

夢乃咲実先生、サマミヤアカザ先生へのお便り、本作品に関するご意見、ご感想などは
〒151-0051 東京都渋谷区千駄ヶ谷 4-9-7
幻冬舎コミックス　ルチル文庫「恋人たちは草原を駆ける夢をみる」係まで。

幻冬舎ルチル文庫

恋人たちは草原を駆ける夢をみる

2021年3月20日　　第1刷発行

✦著者　夢乃咲実　ゆめの さくみ

✦発行人　石原正康

✦発行元　株式会社 幻冬舎コミックス
〒151-0051 東京都渋谷区千駄ヶ谷 4-9-7
電話 03(5411)6431［編集］

✦発売元　株式会社 幻冬舎
〒151-0051 東京都渋谷区千駄ヶ谷 4-9-7
電話 03(5411)6222［営業］
振替 00120-8-767643

✦印刷・製本所　中央精版印刷株式会社

✦検印廃止

ISBN978-4-344-84834-4　C0193　Printed in Japan